Marianne Kaindl

Sechs Katzen und ein Todesfall

Ein Coco-KatzenKrimi
mit einem Vorwort von Pavel Kaplun
und Vladimir Kaplunkater

ABB-Verlag

Impressum

www.marianne-kaindl.de
www.katzen-krimi.de

ISBN 978-3-945664-00-1
1. Auflage

Illustrationen: Kudryashka - Fotolia.com, ecco - Fotolia.com
bearbeitet und arrangiert von Marianne Kaindl
Foto der Autorin: Fotostudio Lauterwasser, Überlingen
Einband-Gestaltung: Marianne Kaindl
Verlags-Redaktion: ABB-Verlag, Stetten bei Meersburg - www.abb-verlag.de
Satz / Gesamtherstellung: See-Marketing - www.see-marketing.de
Druck: Hubert & Co., Göttingen

Bibliografische Information der Deutschen Bibliothek: Die Deutsche Bibliothek verzeichnet diese Publikation in der Deutschen Nationalbibliografie. Detaillierte bibliografische Daten sind im Internet über http://dnb.ddb.de abrufbar.

Printed in Germany

ABB-Verlag
Winzerweg 1
88719 Stetten bei Meersburg
Tel. 0 75 32 / 44 64 04
Mail: buero@abb-verlag.de
www.abb-verlag.de

Katzen sind wie ein Geheimnis im Nebel.
In ihrem Geist geht mehr vor als wir merken.

(Sir Walter Scott)

Vorwort von Vladimir Kaplunkater und Pavel Kaplun

Haustiersein bei künstlerisch orientierten Menschen ist etwas ganz Besonderes. Ich spreche aus Erfahrung, bin ich doch seit über einem Jahrzehnt Mitglied der Familie Kaplun.

Ich als Kater mache ja prinzipiell, was ich will, aber trotz der vielleicht harten Schale habe ich doch einen weichen, einfühlsamen Kern, den ich auch bei vielen Künstlern erleben durfte. Und diese Gemeinsamkeit ist es, die Tag für Tag inspiriert und Neues entstehen lässt.

Ohne mich wäre mein Alter-Ego Pavel nämlich niemals auf die Idee gekommen, einen schon fast romantischen Bildband zum Thema Tierfotografie herauszugeben. Und ich habe schon lange aufgehört, die Bilder zu zählen, die mein Portrait zeigen - von zeitlos schön bis surreal.

Es ist ein wunderbares Gefühl zu sehen, dass man als Haustier mehr geben kann als die bloße Anwesenheit im Haushalt und dass man bei anderen etwas Intensives bewirken und hervorrufen kann - etwas, dass es vorher in dieser Form nicht gegeben hat.

Und genau deshalb freut es mich sehr, dass dergleichen auch bei Coco und Marianne passiert ist: Die Inspiration und Motivation zu einem ersten Buch - geschrieben aus Sicht von Coco.

Vladimir Kaplunkater

Ein Buch zu schreiben ist kein leichtes Unterfangen, erfordert es doch nicht nur den anfänglichen Mut, den ersten Schritt zu tun, sondern auch das Durchhaltevermögen, eine interessante Handlung aufzubauen und sie zu Ende zu führen.

Und in diesem Fall nicht das Hineinversetzen in andere Menschen, sondern in ein liebgewonnenes Haustier. Eine Aufgabe, die Marianne glänzend gelöst hat.

Aber vielleicht ist das etwas, das insbesondere Fotografen, wie Marianne einer ist, ein klein wenig leichter fällt: Menschen, Tiere und Dinge bewusster wahrnehmen und interpretieren und ihnen in Form eines Bildes eine Stimme geben. Aus dieser Bildsprache formten sich mit der Zeit Worte, aus denen nun ein eindrucksvolles Erstlingswerk entstand.

Ich wünsche Coco und Marianne viel Erfolg mit ihrem ersten Buch und den Lesern glückliche Stunden bei der Lösung des Kriminalfalls.

Pavel Kaplun

Inhaltsverzeichnis

Kapitel 1: Mordverdacht

15. April

Mein Frauchen hat sich gestern vorgenommen, ein Buch zu schreiben. Momentan ist sie auf der Suche nach einem spannenden Stoff, und sie weiß noch nicht so genau, was es werden soll: ein Sachbuch (über Katzen, mit schönen Katzenfotos), eine Liebesgeschichte (Frau mit Katze verliebt sich in total sympathischen Katzenfan) oder ein Krimi (die Detektivin hat eine Katze).

Wie Sie sehen, liebt mein Frauchen Katzen. Sie hat sechs. Ich bin die jüngste der Meute und ich kann - was ja für eine Katze eher ungewöhnlich ist - lesen, schreiben, Yoga und recherchieren.

Ich habe beschlossen: Ich schreibe ebenfalls ein Buch. Zu was ist man mit dem Computer und dem iPhone aufgewachsen. Da bin ich doch fast prädestiniert (oder wie das heißt), eine erfolgreiche Autorin zu werden.

Es wird eine Liebesgeschichte und ein Krimi, und zwar beides gleichzeitig, denn mit Sachbüchern hab ich‘s nicht so. In meinem Leben muss etwas passieren, und wenn nicht von selber was passiert, dann sorge ich dafür!

17. April

Seit vorgestern überlege ich, wie ich mein Frauchen zur Heldin einer Liebesgeschichte machen kann. Aber es ist ganz schön schwierig! Mein Frauchen ist 45 und seit vier Jahren geschieden. Da würde ein Traumprinz schon reinpassen. Ja, okay – kein so junger, schöner mehr wie in meinem Lieblings-Märchen „Drei Nüsse für Aschenbrödel". Aber es gibt ja auch Männer in ihrem Alter, die einfach umwerfend sind, oder nicht? Irgendwie sitzt ihr jedoch der Schreck noch in den Knochen, und sie macht einen großen Bogen um jeden, der meiner Meinung nach in Frage käme.

In einem Ratgeberbuch habe ich gelesen, man solle eine Liste seiner gewünschten Eigenschaften erstellen, dann kommt der Traummann bestimmt. Ja, ab und zu lese ich auch Ratgeberbücher. Menschen kommen manchmal auf sehr unterhaltsame Ideen, und Katzen amüsieren sich gern.

Aber vielleicht stimmt es ja doch, und deshalb schreibe ich jetzt meine Liste. Mein Traummann für mein Frauchen sollte folgende Eigenschaften haben, also bitte, liebes Universum, jetzt bist du dran:

1. Er sollte große Hosentaschen mit vielen Leckerlis drin haben.
2. Er sollte abends auf dem Sofa sitzen und es toll finden, wenn sich eine Katze in seinem Schoß einkringelt und schnurrt. Nämlich ich. Er sollte es so toll finden, dass er mich ständig mit Leckerlis füttert.
3. Er sollte witzig sein, weil ich's mag, wenn mein Frauchen lacht. Bei dem Mann, von dem sie jetzt geschieden ist, da hatte sie nicht so viel zu lachen, haben mir die anderen erzählt, und das soll jetzt besser werden!
4. Ein Auto muss er nicht haben, denn Autofahren mag ich nicht.
5. Er muss nicht viel Geld haben, aber ein großes Herz für Menschen und für Tiere sowieso.

Naja, wenn das jetzt zu viel verlangt ist, dann verzichte ich auf Punkt 1. Wenn Punkt 2 in Erfüllung geht.

smile

18. April

Ich habe grade festgestellt, dass ich mich noch gar nicht vorgestellt habe. Dann möchte ich das ganz schnell nachholen.

Also: Ich heiße Coco, bin fast ein Jahr alt und erwarte mir vom Leben einen süßen Kater, eine Menge Spaß und viel Erfolg als Bestsellerautorin.

Zu meinem Frauchen kam ich mit zwölf Wochen. Vorher war ich bei einer Pflegemama, zusammen mit meiner Mutter und mit meinen drei Brüdern. Die Pflegemama war ebenfalls sehr nett. Sie nahm mich sogar dann noch in den Arm und streichelte mich, wenn meine Mama Katze sie ganz gefährlich anfauchte. Manchmal verteidigte meine Mama Katze ihre Kinder so nachdrücklich, dass dabei Blut floß! Entsprechend viele Katzenkratzer waren auf den Armen meiner Pflegemama, leider. Meine Mama Katze ist eine sehr schöne Dame, sehr zart und feingliedrig, temperamentvoll und ganz schwarz. Bis auf drei kleine weiße Haare mitten auf der Brust.

Meine drei Brüder sind ebenfalls alle ganz schwarz. Ich dagegen falle aus der Reihe: Ich habe ein flauschiges Tigerchen-Fell, dessen Farbe am Bauch in ein zartes Apricot übergeht, bin zartgliedrig wie meine Mama, und wenn ich das richtig überblicke, bin ich schön, klug und selbstbewusst.

An einem Nachmittag kam eine Dame zum Fotografieren, und die ist jetzt mein Frauchen. Damals war ich gerade mal sechs Wochen alt. Ich fand das witzig, wie so ein Model fotografiert zu werden und setzte mich ganz doll in Pose! Die Pflegemama hatte auf dem Schreibtisch ein paar Modezeitschriften liegen, über die ich immer wieder wegstolziert bin – ich wusste deshalb damals schon, wie das geht.

Die Fotografin war natürlich ganz hin und weg von mir, wer kann ihr das verdenken! Ich bedankte mich für ihre Begeisterung, indem ich ihr um die Beine strich und sie von unten hoch ganz herzig anguckte. Jetzt wohne ich bei ihr und hab‘ sie lieb.

Bei ihr wohnen außerdem noch Maxi, Purzel, Goldie, Merlin und Percy. Maxi und Purzel sind zwei ältere Damen, aber noch ganz schön fit! Wenn's etwas Gutes zu fressen gibt, dann hechten die die Treppen rauf und runter, da bin ich auch nicht schneller!

Da fällt mir etwas ein, das muss ich Ihnen unbedingt erzählen: Es gibt zwei Treppen im Haus meines Frauchens. Eine vom Erdgeschoss in den ersten Stock, und eine – mit Kurve – vom ersten Stock in den zweiten. Das finde ich richtig gut. Das ist viel besser als der höchste Kratzbaum! Vor allem wegen der Kurve. Da muss man genau wissen, wann man bremsen und wann man beschleunigen muss, das ist eine Kunst!

An meinem zweiten Abend beim neuen Frauchen stellte ich mich unten an der Treppe vom ersten Stock auf und schaute sie ganz kummervoll an. Man muss die Leute schließlich beschäftigen, und es sollte von vornherein klar sein, dass Katze Coco gehätschelt und umsorgt werden will. Das neue Frauchen konnte meinem hilflosen Babyblick auch gar nicht lange widerstehen. Sie bückte sich, hob mich auf, ich guckte zwischen ihrem Daumen und ihrem Zeigefinger heraus, sie hielt mich ganz behutsam und trug mich die Treppe hoch. Oben angekommen setzte sie mich vorsichtig ab.

Aber jetzt! Ich preschte die Treppe runter, sauste um die Kurve wie ein Formel-1-Fahrer, machte eine elegante Kehrtwendung und rannte wieder rauf! Ihr verblüfftes Gesicht werde ich nie vergessen und auch nicht, dass oben an der Treppe fünf Katzen standen, eine dicke schwarze, eine große schwarze, eine schwarzweiße, noch eine kleine schwarzweiße und eine goldene, und alle starrten mich verwundert an.

Gute Show, Coco! Präsent sein und die Leute verblüffen, das ist der erste Schritt für jeden, der berühmt werden will!

Also bei sechs Katzen ist ja eigentlich immer etwas los. Da kann man einander jagen, man kann das kleine Tischchen in der Diele umschmeißen, man kann halbe Nachmittage zusammengekuschelt verdösen, aber irgendwann reichte mir das alles nicht mehr. Ich begann, Frauchens Bibliothek zu nutzen. Dann entdeckte ich die Weiten des Internets für mich, weil sie im Schlafzimmer so einen Tablet-Computer rumliegen hat. Nachdem ich zweimal im Online-Casino verloren hatte, beschloss ich, dass ich keine Spielernatur werden möchte, sondern eine hochgebildete Katze, und seitdem surfe ich durch Wikipedia, lese ebooks und ziehe mir Hörbücher rein.

Mein Frauchen ahnt von all dem nichts, und Maxi, Purzel, Goldie, Merlin und Percy sind verschwiegen.

20. April

Sonntag. Nix los.

Den halben Nachmittag hat es geregnet, und wir konnten nicht raus. Gegen halb vier kam dann doch noch die Sonne durch. Frauchen packte ihre Fotoausrüstung und ging in den Stadtpark fotografieren.

Ich verzog mich auf die Terrasse und rollte mich auf der Hollywoodschaukel zusammen. Das Wetter macht einen einfach müde. Als ich wieder aufwachte, saß Merlin auf dem Gartentisch und pennte, Percy saß auf der Terrassenmauer und pennte, Goldie lag auf der Wiese und pennte und Maxi und Purzel hatten sich aneinander gekuschelt und schnarchten.

Abends mit Frauchen „Tatort" geguckt (Münster, mit Professor Boerne).

Abgesehen davon ein absolut langweiliger Tag!!!

Früh schlafen gegangen.

21. April

Gestern hatte ich einfach keine Lust, draußen herumzustromern. Kater Felix von schräg gegenüber war auch nicht draußen, es war also ziemlich langweilig!

Heute regnet es dicke Tropfen, und dabei scheint die Sonne. Über unserem Haus leuchtet ein wunderschöner Regenbogen.

Ich also nix wie raus und Regenbogen jagen!

Als ich von meinem Ausflug wieder zurückkam, stand auf unserem Parkplatz neben dem Auto von meinem Frauchen, das Frederik heißt (das Auto heißt so, natürlich, das Frauchen heißt Rebekka) – also neben Frauchens Frederik stand ein Auto, das war weiß und blau. Ich renne schnell durch die Katzenklappe ins Haus. Die Wohnzimmertür ist zu, und ich versuche es mit Maunzen. Manchmal funktioniert das nicht sofort, aber wenn ich dann die Lautstärke erhöhe, also dann hat es bisher immer geklappt.

Aber nicht heute.

Drinnen höre ich die Stimme meines Frauchens, dann die eines Mannes, und dann noch eine andere Männerstimme.

Gut – wenn Maunzen nicht hilft, dann mach ich es eben anders. Ihr habt es ja so gewollt, nicht wahr.

Ich stelle mich auf die Hinterpfoten und kratze an der Tür. Frauchen mag das gar nicht. Nach so einer Kratzattacke sieht die Tür nämlich etwas bearbeitet aus, und das gefällt ihr nicht. Normalerweise ist sie dann sofort da, egal, was sie gerade macht. Aber nicht heute. Einer der Männer im Wohnzimmer sagt etwas. Frauchen sagt etwas. Sie redet in kurzen Sätzen, was sonst nicht grade ihre Stärke ist. Der Mann sagt etwas. Ich kratze an der Tür wie eine Weltmeisterin im Türkratzen. Der andere Mann sagt etwas. Ich kratze und maunze.

Endlich geht die Tür auf. Na also!

Mit hoch erhobenem Schwanz stolziere ich ins Wohnzimmer.

Aber mein Frauchen beachtet mich gar nicht. „Nein“, sagt sie. „Es gibt niemanden, der bezeugen kann, dass ich gestern Abend zu Hause war.“

Also, das stimmt jetzt schon mal überhaupt nicht. Natürlich war sie gestern Abend zu Hause, und es gibt sechs vertrauenswürdige Persönlichkeiten, die das bezeugen können: Maxi, Purzel, Merlin, Percy, Goldie und ich.

22. April

Morgens um 9 geht mein Frauchen normalerweise rüber ins Büro. Da arbeitet sie bis halb 11, und dann holt sie sich einen Kaffee. Nach einer kurzen Pause macht sie weiter. Manchmal darf ich mit. Dann inspiziere ich den Raum mit dem Schreibtisch und den Bücherregalen, danach noch das Besprechungszimmer. Anschließend setze ich mich aufs Fensterbrett und beobachte die Touristen, die an unserem Haus vorbeispazieren.

So ist das normalerweise.

Heute war alles anders.

Der Wecker klingelte bereits um 6. Das ist für jemanden wie mein Frauchen so kurz nach Mitternacht. Sie drehte sich auch ein paar Mal herum und zog das Kissen über den Kopf, aber der Wecker war gnadenlos. Ich tröstete sie sofort und strich ihr liebevoll mit der Zunge übers Gesicht.

„Baaahhh", machte sie und schüttelte sich. So langsam rappelte sie sich auf. Sie war vielleicht früher mal eine Katze, wer weiß. Wir mögen es auch nicht, wenn wir abrupt aus dem Schlaf gerissen werden, und wir lieben es, am Morgen erst mal genüsslich in den Tag hineinzublinzeln, uns dann zu recken und zu strecken, einander kurz zu streicheln und dann noch mit viel Schlaf in den Gliedern zum Napf mit der Katzenmilch zu tapsen.

Das Frauchen macht es ähnlich, nur tapst sie zur Kaffeemaschine.

Aber nicht heute!

Heute brummte sie „So ein Mist!", setzte sich auf, lief mit einer für Menschen völlig ungesunden Geschwindigkeit die Treppe hinunter, haute sich den Zeh an, kippte uns das Futter in die Näpfe, rannte ins Bad, schlüpfte in Hose, Pulli und Mantel und patschte die Tür hinter sich zu.

Eine Stunde später war sie wieder da. Sie führte Selbstgespräche. Das ist immer ein schlechtes Zeichen. „Dieser Idiot, kann der nicht mit 90 an Altersschwäche sterben, und gut ist's!" schimpfte sie. „Was immer der macht - es geht nicht ohne Drama ab."

Ich fragte sie, was denn los sei, aber Kätzisch versteht sie nur, wenn sie Zeit hat und gut drauf ist. Das war heute ganz offensichtlich beides nicht der Fall.

Also schlüpfte ich hinauf ins Schlafzimmer und griff mir den Tablet-Computer. Ewigen Dank an Fritz-Kasper Schulze, den genialen Erfinder dieses genialen Tools, das Tablets für Katzen verwendbar macht. Er hat eine Software entwickelt, die unser Miauen in Menschensprache übersetzt und das Ergebnis dem Computer übermittelt. Der macht dann wieder Buchstaben draus. Auf diese Weise können wir so ein Tablet oder iPhone bedienen und ihm Befehle wie „speichern" oder „App öffnen" zumaunzen, und auf diese Weise können wir auch Texte eingeben. Computertastaturen sind nun einmal, leider, nicht für Katzenpfoten gemacht, und diese Touchfelder, mit denen man mobile Computer bedient, die schon gleich gar nicht.

Ich habe gehört, dass Fritz-Kasper Schulze eigentlich Katzen nicht ausstehen kann. Er erfindet nur so furchtbar gern.

Sei es, wie es sei.

Wenn Frauchen nichts erzählt, dann hole ich mein Wissen eben aus dem Internet. Ich rief die App unserer Tageszeitung auf und wechselte in den Lokalteil. Da stand, gleich auf der ersten lokalen Seite:

„Mord in Überlingen! Ehefrau fand Opfer tot im Wohnzimmer

Der Unternehmens-Berater Franz F. aus Überlingen wurde vorgestern ermordet. Seine Frau, Gundula F., die den Abend bei einer Chorprobe des

Kirchenchors verbracht hatte, fand den 56-Jährigen bei ihrer Rückkehr tot auf der Couch sitzend. Die Wohnung wies keinerlei Einbruchspuren auf, woraus die Polizei schließt, dass das Opfer seinem Mörder selbst die Tür geöffnet hat.

Die Nachbarn des Toten sind geschockt. ‚Er war so ein freundlicher Mensch', berichtet Nachbarin Ottilie S., ‚kein Mensch hätte sich vorstellen können, dass er mal umgebracht wird'. Nachbar Gustav B. will am Abend der Tat eine ihm unbekannte Frau im Aufzug gesehen haben. Die Polizei ermittelt noch."

Um ein paar weitere Details zu erfahren, rief ich die App einer anderen Zeitung auf. Da stand in großen, dicken Buchstaben: „Hat irre Ex-Frau Franz F. auf dem Gewissen? Aus TV und Presse bekannter Business-Coach heimtückisch mit Giftcocktail gekillt, Polizei verdächtigt Ex!"

Ich lief rüber zu Purzel, die - wie meistens - direkt auf Frauchens Kopfkissen zusammengerollt döste.

„Sag mal, Purzel", fragte ich aufgeregt, „hieß der Ex von unserem Frauchen nicht Franz Frummelmann und war Unternehmens-Berater?"

Purzel öffnete schläfrig ihre Augen und streckte sich. Sie hatte die Ruhe weg. Erst das linke Hinterbein, dann das rechte Hinterbein, dann die linke Vorderpfote, schließlich die rechte Vorderpfote. Danach gähnte sie eine Weile. Anschließend schaute sie hinüber zum Fressnapf, aber da war nichts drin.

Sie kam langsam auf ihre Pfoten, dehnte nochmals das linke Hinterbein, dann nochmals das rechte, und als ich schon dachte, dass das Dehnen wohl nie aufhören würde, da maunzte sie: „Ja, so hieß der. Er war aber kein Unternehmens-Berater, sondern so ein Erfolgsguru. Also keiner, der in ein Unternehmen geht und denen hilft, es besser zu machen, sondern so ein Schwätzer, so einer mit den drei Stufen zum Spitzen-Erfolg oder so. Warum fragst Du?"

„Ein Franz F. ist ermordet worden. Mit einem Giftcocktail. Seine Ex-Frau steht unter Mordverdacht. Gestern war doch die Polizei bei uns. Und heute Morgen musste Frauchen ganz schnell weg...".

„Wann ist er denn ermordet worden?“ fragte Purzel schläfrig. Die ist wohl durch nichts aus der Ruhe zu bringen.

„Vorgestern Abend.“

„Na, dann kann es unser Frauchen nicht gewesen sein. Vorgestern nach dem Tatort ging Frauchen gleich ins Bett und hat die ganze Nacht im Traum vor sich hingemurmelt. Ich habe alles mitbekommen, alte Leute wie ich brauchen nicht mehr so viel Schlaf.“

Sie rollte sich wieder zusammen.

Bevor sie erneut eindöste, hob sie noch einmal den Kopf und fragte: „Vergiftet, sagst Du?“

„Ja, vergiftet.“

Purzel nickte weise vor sich hin und schnurrte: „Ja, irgendwann wird jeder von seinen Taten eingeholt.“

Dann steckte sie ihr Köpfchen zwischen die Pfoten, und schon kurz darauf hörte ich sie leise schnarchen.

23. April

Heute waren die zwei Männer schon wieder da. Frauchen retuschierte im Büro für einen Kunden Fotos, als sie kamen. Sie ging dann mit ihnen ins Wohnzimmer und machte die Tür zu. Ich bin aber schnell noch mit reingeschlüpft und habe mich hinter der Couch versteckt.

„Frau Sommerthal, Sie wurden am 16. April von einer Zeugin zusammen mit dem Ermordeten gesehen. Und zwar in einer Modeboutique. Sie probierten ein dunkelblaues Modellkleid an, er zahlte dafür. Obwohl Sie angeblich keinen Kontakt mehr mit ihm haben. Warum haben Sie uns gestern angelogen?“, fragte der eine der beiden Männer streng. Er war drahtig, durchtrainiert, groß, um die 40 und trug einen Schnauzbart. So der Typ Goldkettchenmann, wenn Sie wissen, was ich meine. Tatsächlich hatte er auch eine schwere goldene

Kette um den Hals. Meine empfindliche Nase hielt seinen durchdringenden Gestank fast nicht aus. Wenn ich mich in Herrenparfums auskennen würde, könnte ich Ihnen das näher schildern, aber glücklicherweise habe ich nicht viel Erfahrung damit.

„Ja, das stimmt“, sagte mein Frauchen. Sie wirkte ziemlich verkrampft, obwohl sie doch zur Tatzeit diesen „Tatort“ geguckt hatte, und man kann keinen „Tatort“ aus Münster anschauen und gleichzeitig ganz woanders jemanden mit einem Giftcocktail ermorden, ist doch logisch.

„Ich habe ihn zufällig in der Stadt getroffen, wir tranken dann einen Kaffee zusammen. Er fragte mich um Rat, weil er nicht wusste, was er seiner Frau zum Geburtstag schenken sollte. Sie hatte an dem Tag Geburtstag. Er war richtig gut gelaunt und nett und freundlich, ich freute mich, dass er sich so positiv verändert hatte und wollte nicht nachtragend sein. Also ging ich mit in die Boutique, und weil ich eine ähnliche Figur habe wie sie, probierte ich das Kleid an. Das war alles.“

„Nun“, sagte der andere Mann, der bisher nichts gesagt hatte, und lächelte mein Frauchen ganz lieb an. „Sie werden verstehen, dass die Sache mit dem Kleid uns interessiert. Denn wenn er Ihnen ein Modellkleid gekauft hat, im Wert von knapp tausend Euro, wie die Besitzerin der Boutique aussagte, dann müssen wir davon ausgehen, dass Sie eben doch wieder eine Beziehung hatten. Und wenn Sie eine Beziehung hatten, die Sie vehement leugnen, dann gehören Sie zum Kreis der Verdächtigen, ist ja wohl klar. Sie können sich eine Menge Ärger ersparen, wenn Sie uns einfach einen kurzen Blick in Ihren Kleiderschrank werfen lassen.“

Mein Frauchen guckte verwundert.

Wir schauen ja fast jeden Sonntag „Tatort“, und deshalb wissen wir, dass ein Ermittler nur in den Kleiderschrank gucken darf, wenn er einen Durchsuchungsbefehl von der Staatsanwältin hat. Die Staatsanwältin schreibt aber ziemlich ungern Durchsuchungsbefehle aus, das wissen wir auch aus dem

„Tatort“. Ohne Durchsuchungsbefehl kein Blick in den Kleiderschrank. Mit Durchsuchungsbefehl: Hinterher ein Chaos wie nach einem Tsunami.

Mein Frauchen seufzte und stand vom Sofa auf. Wahrscheinlich waren in ihrer Phantasie die gleichen Bilder aufgetaucht wie in meiner. „Kommen Sie mit“, sagte sie. „Aber tun Sie mir einen Gefallen: Schmeißen Sie nicht alles durcheinander!“

Die beiden Männer standen ebenfalls auf. Bei dem, der so nach Parfum stank, klapperte das Goldkettchen, als er zur Tür ging. Sie folgten meinem Frauchen ins Schlafzimmer. Percy und Merlin, die im Flur am Futternapf saßen, verschluckten sich fast. Denn ins Schlafzimmer hatte unser Frauchen schon lang keinen Mann mehr mitgenommen, und jetzt gleich zwei.

Ich schlüpfte hinter den beiden Ermittlern ins Zimmer. Percy und Merlin folgten uns, und auch die weise Purzel kam dazu.

Der eine Mann sicherte das Zimmer – wirklich, wie im Krimi! Als würde er erwarten, dass Frauchen sie alle beide im nächsten Augenblick, unterstützt durch Batman oder so jemanden, mit gezogener Pistole überwältigt. Ich fand das sehr komisch und musste niesen.

Frauchen guckte mich genervt an. Sie fand das offenbar überhaupt nicht komisch.

Der andere Mann, der mit dem Goldkettchen, öffnete den Kleiderschrank. Da hängt alles dicht an dicht, denn Frauchen liebt schöne Kleider, und wegwerfen kann sie auch nichts.

Er guckte jeden Bügel einzeln durch, er zog Bügel mit Kleidern, Blusen und Hosen heraus, er untersuchte sie genau, denn manchmal hängt Frauchen mehrere Sachen übereinander, aber das Modellkleid aus der Boutique fanden sie natürlich nicht. Wie auch? Dieser Herr Frummelmann, der glücklicherweise schon lang vor meiner Geburt aus Frauchens Leben verschwunden war, hatte sie schon während der Ehe nicht gut behandelt – das erzählten mir die älteren Katzen. Er hätte ihr als seiner Ex bestimmt kein teures Modellkleid geschenkt.

Nach einer Dreiviertelstunde wirkten die beiden Männer ziemlich gefrustet, mein Frauchen aber auch. Der Goldkettchen-Mann schubste die Schranktür wieder zu. Auf dem Bett verteilt lagen Blusen, Hosen, Pullis und Kleider. Das ließ ich mir nicht entgehen. Mit einem großen Satz hopste ich dazwischen. Hmmmm - ich liebe Seide! Die fühlt sich so gut an, wenn man sich reinkuschelt! Leider darf ich das normalerweise nicht, weil meine Krallen schon mal Fäden ziehen, aber heute war ja nicht „normalerweise".

Heute war wirklich nicht „normalerweise". Das merkte ich spätestens, als ich hörte, wie mein Frauchen draußen im Garten schrie.

Zuerst schrie sie laut, dann ging das Schreien in ein verzweifeltes Schluchzen über: „Das kann überhaupt nicht sein! Ich habe keine Ahnung, wie das in meine Mülltonne kommt! Neiiinnn, neiiiinnn, ich habe ihn nicht umgebracht!"

Ich schoss aus dem Schlafzimmer, die Treppe hinunter und durch die Katzenklappe in den Garten. Vor der Mülltonne saßen Purzel, Maxi, Goldie, Merlin und Percy. Daneben standen mein Frauchen und die beiden Männer.

Der mit dem Goldkettchen hielt ein dunkelblaues Modellkleid hoch. Es war verknittert und hatte einen Riss. Der andere jedoch - der hatte eine Flasche in der Hand, die roch sehr exotisch, ich kannte den Geruch nicht, und auf ihrem Etikett war auf orangem Grund ein schwarzer Totenkopf aufgedruckt.

23. April, abends

Unser Frauchen ist noch immer nicht zurück. Es geht nicht nur darum, dass unsere Futternäpfe leer sind (auch, aber nicht nur). Wir machen uns große Sorgen um sie.

Was können wir tun?

24. April, nachts um 4

Ich habe Akif Pirinçcis „Felidae“ gelesen, bis gerade eben. Eigentlich nur, weil ich so aufgewühlt war und nicht schlafen konnte.

Aber jetzt steht mein Entschluss fest: Ich werde mein Frauchen retten.
Ich werde selbst ermitteln.

Kapitel 2: Miss Marple auf vier Pfoten

24. April

Als ich heute Morgen aufwachte, war mein erster Gedanke, dass ich eine Ermittlungs-Strategie brauche. Denn ein Kätzchen, das grade mal knapp ein Jahr alt ist, das hat natürlich nicht so viel Erfahrung damit, sein Frauchen aus dem Gefängnis zu retten und einen Mord aufzuklären.

Zumal es ja nicht ganz ungefährlich ist, einen Mord aufzuklären.

Man bekommt es da mit Bösewichten zu tun, die ganz unglaublich bösewichtig sind. Nehmen wir nur mal an, eine Verbrecherbande hätte diesen Frummelmann mit einem Giftcocktail gekillt. Wenn ich die in ihrem Giftcocktail-Versteck auftreibe, das lassen die sich ja auch nicht so einfach gefallen!

Am Schluss killen die mich auch noch und verkaufen mein Fell an einen Rheumadecken-Händler!

Ich brauche also erst mal Verstärkung.

Nämlich Percy und Merlin, Goldie, Maxi und die weise Purzel.

24. April, 13:45 Uhr

Endlich haben wir gefrühstückt.

Unsere Näpfe füllen sich ja nicht von alleine. Vermutlich darf Frauchen im Gefängnis nicht um Hilfe rufen, sonst hätte sie längst Hilfe für uns besorgt.

Aber es ist niemand gekommen, um uns zu füttern und zu streicheln.

Also haben wir uns als Ersatz gegenseitig das Fell geschleckt. Dann haben wir überlegt, wie wir an etwas zu essen kommen. Mäuse gibt es hier in der Gegend nicht mehr. Und selbst wenn es welche gäbe – wer verspeist heute noch Mäuse. Wir sind schließlich Lieblings-Katzen, und wir sind Leckerlis gewöhnt.

Merlin kam auf die rettende Idee: Wir gehen alle durch die Katzenklappe raus und rüber zur Frau Schuster-Schmid. Die hat ihr Haus neben dem unseren und gibt auch dem Felix von schräg gegenüber immer mal etwas Feines. Da hat sie bestimmt auch für uns etwas zu essen.

Wir marschierten also einer nach dem anderen durch die Katzenklappe ins Freie.

Ein Vogel zwitscherte oben im Holunderbaum. Ich überlegte, ob ich ihn zu meinem Frühstück ernennen sollte, aber irgendwie mag ich Vögel. Sie singen so schön – wenn so ein Star auf dem Baum oder in der Dachrinne sitzt und schmettert, da geht mir das Herz auf und ich werde ganz poetisch.

Einen Künstler, der einen ganz poetisch macht, kann man nicht frühstücken, oder wie sehen Sie das?

Wir suchten also eine Lücke im Zaun und gingen rüber zu Frau Schuster-Schmid. Sie saß mit ihrer Zeitung und mit ihrer erwachsenen Tochter auf der Terrasse. Frau Schuster-Schmid trug dicke Lockenwickler. Ihre Tochter trug ein dick eingemummeltes Baby auf dem Arm.

Wir stellten uns nebeneinander auf und schauten Frau Schuster-Schmid, ihre Tochter und das Baby ganz herzerweichend an. Das fiel uns auch nicht schwer. Wer seit gestern Mittag nichts in den Bauch bekommen hat, der guckt automatisch herzerweichend.

Die Tochter von Frau Schuster-Schmid fing sofort an zu kreischen.

„Diese Katzen! Wer weiß, was für Flöhe und Parasiten sie mit sich herumschleppen! Weg mit euch, ihr Getier, weg von meinem Baby!“

Und Frau Schuster-Schmid selber holte aus der Küche einen Besen und jagte uns damit aus dem Garten! Dabei veranstaltete sie ein Riesen-Geschrei. Ich verstand nicht alles, weil sie ihre Zähne nicht im Mund, sondern auf dem Kaffeetisch hatte, aber ich hörte Wortfetzen wie: „Gesindel, elendiges!“ „Sääächhhs Katzzzäään!“ „Bleibt bloß wech von unserm Baby!“.

Das Baby fand Frau Schuster-Schmids Verhalten wohl auch nicht so nett, jedenfalls begann es ganz fürchterlich zu brüllen. Der Vogel-Künstler auf dem Holunder hörte auf zu singen und flog empört davon.

Wir purzelten durch das Loch im Zaun zurück in unseren eigenen Garten.

Das hätte ich jetzt nicht von ihr gedacht. Sie ist zwar nie besonders freundlich. Vermutlich hat sie Gicht und Rückenschmerzen, so schaut sie jedenfalls immer drein. Aber dass sie eine hungrige Familie einfach rauswirft, auf die Idee wäre ich nicht gekommen.

Nach dem ersten Schreck hielten wir unter dem Holunderbaum eine Besprechung ab.

„Das funktioniert so nicht“, sagte Kater Percy. Er ist immer etwas langsamer als sein Bruder, aber viel besonnener. „Wir müssen uns aufteilen. Es gibt vermutlich keinen einzigen hier im Viertel, der Lust darauf hat, sechs Katzen durchzufüttern. Aber wir finden bestimmt sechs Leute, die einem süßen, kleinen Kätzchen, das sie zärtlich anmaunzt, Futter hinstellen.“

Wir sahen sofort, dass er Recht hat (Percy hat fast immer Recht). Deshalb vereinbarten wir, uns um 14 Uhr wieder zu treffen. Zur Besprechung unserer Ermittlungs-Strategie, auf Frauchens Bett, wo immer noch die Pullis, Kleider, Röcke und Hosen durcheinander liegen.

25. April

Gestern, bei unserer ersten Ermittler-Besprechung, flogen zunächst mal die Fetzen.

Bevor ich kam, war ja Goldie die Chefin hier im Haus, und die lässt sich von einer kleinen naseweisen Katze natürlich nicht das Wasser abgraben. Auch dann nicht, wenn die kleine naseweise Katze beinah eine Kombination aus Sherlock Holmes und James Bond und außerdem auch noch eine zukünftige Bestsellerautorin ist. Naja – wär' ich gern, ich bemüh' mich.

„Das mit deinen Ermittlungen, das ist einfach Quatsch", miaute sie. „Wenn in der Flasche wirklich das Gift war, mit dem er ermordet wurde, dann kannst du ihr eh nicht helfen. Und wir können es auch nicht. Dann braucht sie einen guten Anwalt. Das ist sicher. Wir haben momentan ein ganz anderes Problem, und das heißt Leckerlis."

Merlin, der seit seinem ersten Tag in unserem Haus in Goldie verliebt ist, stimmte ihr sofort zu. „Goldie hat Recht. Ich habe schon wieder Hunger. Was sollen wir auch ausrichten können? Sechs Katzen als Detektive! Am Ende vergiftet uns der Mörder und gibt uns Leckerlis mit Giftcocktail. Ihr dürft nicht vergessen: Wenn Frauchen es nicht war, dann läuft der immer noch frei herum."

„Eben deshalb", sagte ich. Ich hatte irgendwo mal aufgeschnappt, dass Bilder viel stärker wirken als jede Argumentation. Nun gut, dann eben so. „Wollt Ihr unser Frauchen wirklich im Stich lassen? Wenn Ihr Euch das vorstellt – wir leben hier allein in diesem Haus. Kein Frauchen, das uns durchknuddelt. Und keine Leckerlis. Nicht mal Dosenfutter. Wenn wir ins Wohnzimmer gehen: Kein Frauchen, das auf der Couch lümmelt und einen auf ihrem Bauch liegen lässt. Wenn wir ins Büro rüber gehen: Kein Frauchen. Geburtstag ohne Frauchen, Weihnachten ohne Frauchen. Könnt Ihr Euch Weihnachten ohne Frauchen vorstellen? Sie ist nicht da und kommt nicht mehr zurück. Weil sie ihr Leben hinter Gittern verbringen muss. Unschuldig verurteilt. Denn wir, also wir wissen doch, dass sie unschuldig ist! Im Gefängnis ausgeliefert an brutale Mitgefangene und allein in einer winzigen Zelle. Nur mit Bett, Klo, Tisch und einem leeren Bücherregal. Wollt Ihr das wirklich?“

Meine Rede ergriff sie so sehr, dass ihnen der logische Fehler in meiner Argumentation überhaupt nicht auffiel. Sie wurden alle ganz nachdenklich und schlichen weg.

Das half mir jetzt auch nicht weiter, denn ein Ermittler-Meeting, an dem keiner teilnimmt als man selbst, ist kein Ermittler-Meeting. Ist ja wohl klar.

Während ich mich noch ärgerte, kam Maxi zurück.

„Ich bin zwar schon fast 18“, seufzte sie, „und die Gelenke tun mir weh. Aber ich bin gerne mit dabei, als lebenserfahrene Beraterin.“

„Ich ebenfalls“, bot Purzel an.

Percy schlenderte um die Ecke und schnupperte am Gummibaum. Verlegen trat er von der linken auf die rechte Pfote. „Also – ich wäre dann auch dabei“, murmelte er. „Ich lass‘ doch unser Frauchen nicht im Stich!“

Merlin sprang vom obersten Bücherregal, riss dabei einen Gedichtband von Paul Celan, Casanovas Bericht aus den Bleikammern in Venedig sowie E.T.A. Hoffmanns „Kater Murr“ mit herunter und kam direkt vor meinen Vorderpfoten zum Stehen. „Ihr braucht einen unerschrockenen Kämpfer, hier bin ich!“, sprach er.

Drüben im Bad wurde im Katzenklo gescharrt, dann preschte Goldie an. „Ich übernehme die Kommandozentrale und ernenne dieses Schlafzimmer hier zu unserer Ermittlungs-Basis. Du zeigst mir, wie man mit diesem Dingsda, diesem Tablet-Computer recherchiert und weist mich ins Projektmanagement-Tool ein, okay?“

Das musste ihr ziemlich schwer gefallen sein.

Ich maunzte deshalb sehr freundlich und nickte.

Wir konnten durchstarten.

25. April, abends

Nachdem ich Goldie die wichtigsten Funktionen der Software gezeigt hatte, damit sie den Tablet-Computer und den Laptop im Griff hatte, machte ich mich auf zum Tatort.

Nach der Trennung vom Frauchen war Franz Frummelmann in die Jakob-Obser-Straße 48 gezogen, ins Penthouse eines zwölfstöckigen Hochhauses. 11. und 12. Etage. Mit Wendeltreppe. Hatte das Frauchen erzählt. Dort lebte er mit seiner zweiten Frau Gundula. Das heißt, da hatte er gelebt, bevor ihm das mit dem Giftcocktail passiert war.

Ich schnappte mir unser iPhone.

Vor einem halben Jahr hatte Frauchen ein neues iPhone gekauft, und das alte lag herum. Da kam sie auf die Idee, ein fotografisches Projekt zu realisieren (Sie sehen: Ich beherrsche sogar Fremdwörter!). Das nannte sie „Katzenwelt". Das Neue am Projekt war, dass es sich eben NICHT um Fotos handelte, die Menschen von Katzen machen, sondern um Fotos aus dem Leben einer Katze. Sie friemelte eine Befestigung ans iPhone, so dass man es einfach ins Flohhalsband einklicken kann und installierte eine Kamera-App, die man so einstellen kann, dass alle drei Minuten ein Foto aufgenommen wird. Das Ergebnis waren also Bilder aus der Katzenperspektive. Bilder im Gras, Bilder vom Baum aus aufgenommen, Bilder von den anderen Katzen im Haus, Bilder vom Kater Felix von schräg gegenüber, verwackelte Bilder, knallscharfe Bilder, schräge Bilder und richtig schöne Bilder.

Die interessantesten davon druckte sie in DIN A3 aus und zeigte sie in einer Ausstellung in ihrem Lieblingscafé.

Seitdem haben wir Katzen ein eigenes iPhone, das wir am Flohhalsband befestigen können.

Irgendwann entdeckte ich diese coole App von Fritz-Kasper Schulze. Da eröffneten sich ganz neue Welten! Die App installierten wir gleich auch noch auf Frauchens Tablet-Computer (an dem wir eigentlich nichts zu suchen haben). Auf Frauchens Laptop (an dem wir gleich überhaupt gar nichts zu suchen haben) richteten wir das entsprechende Computer-Programm von Fritz-Kasper Schulze ein.

Schon bald fand ich heraus, dass es Programme und Apps gibt, die Einträge synchronisieren. Das, was ich auf dem iPhone eingebe, kann ich dann auch auf dem Laptop und dem Tablet aufrufen. Frauchen hat auf ihren Geräten ein Programm, das heißt Evernote. Damit kann man so etwas machen. Sie nutzt es kaum, und deshalb ist ihr bis heute nicht aufgefallen, dass wir uns da einen eigenen Zugang eingerichtet haben.

WIR nutzen es sehr intensiv.

In den Routenplaner des iPhones tippte ich jetzt „Überlingen, Jakob-Obser-Straße 48“ ein, dann hängte ich es mir um den Hals. Da dieser digitale Wegweiser nur für Autos ausgelegt ist, wurde es etwas abenteuerlich, als Pfotengänger da hin zu kommen, bei der Überquerung der Bundesstraße hätte mich beinahe einer platt gefahren, aber ich schaffte es. Ich bin ja genial, jung, dynamisch, und keine Herausforderung ist mir zu groß. Nicht mal der Autoverkehr in den Osterferien am Bodensee.

Ich stand also vor dem Haus und verrenkte mir mein Genick beim Hochschauen. Aber das zwölfstöckige Hochhaus nahm überhaupt kein Ende, es wuchs in den Himmel, ich konnte kein Penthouse ganz oben entdecken. Da habt Ihr Menschen es halt auch leichter als wir – was sehr weit weg ist, sehen wir sowieso nur unscharf. Dafür sind wir topp darin, etwas wahrzunehmen, das sich bewegt. Sogar dann, wenn es ziemlich weit weg ist. Das Hochhaus bewegte sich aber nicht.

Zu allem Unglück war auch noch die Eingangstür geschlossen.

Aber: Coco – du bist eine Ermittlerin, du recherchierst in einem Mordfall! Naja, also genaugenommen: Eine Privatdetektivin. Ermittler sind ja eigentlich nur die Offiziellen. Ich bin inoffiziell. Wie Miss Marple, nur jünger und schöner. Aber genauso klug.

Da kann ich doch nicht bei der ersten kleinen Schwierigkeit aufgeben!

Ich streckte mich also, machte eine Yoga-Übung, die Katzenbuckel heißt, oder so ähnlich (wegen der Gelassenheit und der Erleuchtung) und wartete auf meine Chance.

Die kam auch bald, und zwar auf Stöckelschuhen. Zuerst hörte und sah ich ja nur die Schuhe. Sie waren knallgelb und sehr schön. Ich schaute an den Schuhen hoch. Die Frau hatte Beine, wow! Das musste ich auch als Katzen-Frau zugeben. Merlin, der ein Mann ist, wenn auch ein kastrierter, wäre an ihr hochgesprungen vor Begeisterung. Da bin ich ganz sicher. Ich strich ihr um diese tollen Beine herum und setzte mein harmlosestes Katzenkinder-Gesicht auf.

Die Frau bückte sich zu mir herunter. „Oh, du süßer kleiner Liebling“, schnurrte sie. „Wem gehörst du denn? Möchtest du zu deinem Frauchen?“

Ich folgte ihr ins Haus und in den Aufzug. Das wäre schon mal geschafft. Das Penthouse ist im obersten Stockwerk, ist klar. Die Dame mit den Wahnsinns-Beinen stieg aber schon im 7. Stock aus und ich mit ihr, weil ich doch die Aufzugtür selber nicht aufbekomme. Kein Problem für eine gut durchtrainierte Katze! Die restlichen Treppen sauste ich hoch. Im 11. Stock war Schluss mit Treppen, und ich musste mich erst mal orientieren. Das Glück unterstützt den Tüchtigen, sagen die Menschen. Das war vermutlich der Grund dafür, dass ich die Tür mit dem Frummelmann-Messingschild ziemlich schnell entdeckte. Einfach den Flur hinunter, und da war sie schon, die Eingangstür zur Frummelmannschen Wohnung.

Doch gleich wurde mein scharfer Verstand auf die nächste Probe gestellt: Wie sollte ich in die Wohnung kommen? Auch dafür fand sich eine Lösung, und zwar schneller als ich gedacht hatte. Eine ältere Frau schlurfte über den Flur und klingelte an der Tür der Nachbarwohnung. Eine andere ältere Frau öffnete.

„Die Kopperfelds haben schon wieder die Handwerker!“, schimpfte die erste sehr laut. Und die zweite sagte noch lauter: „Manchmal bin ich froh, dass ich nicht mehr so gut höre! Ich sag’s Ihnen – die Kinder von diesen Kopperfelds! So eine ungezogene Bande habe ich ...“

In dem Moment schlüpfte ich sachte, ganz sachte, unbemerkt, zwischen den Beinen der Frau durch, lief geradeaus ins Wohnzimmer, glücklicherweise stand die Balkontür offen, ich rannte hinaus und hangelte mich von dort unter Lebensgefahr über ein Klettergerüst, an dem Efeu rankte, auf die Penthouse-Terrasse des Mordopfers. Ein Fenster war gekippt, ich landete auf einem Klodeckel.

Ich war drin.

Während polizeiliche Ermittler einfach nur zum Handy greifen und ganz cool „Ich brauch' dann mal die Spurensicherung" sagen, muss ich alles selber machen. Und zwar unter erschwerten Bedingungen. Denn die Spurensicherung war ja schon da und hat wahrscheinlich die meisten Spuren eingetütet und mitgenommen.

Aber: Es geht um das Leben und das Glück meines Frauchens!

Und irgendetwas findet man immer, sagt die weise Purzel. Ich hoffe, sie hat Recht.

Also los!

Ich sprang vom Toilettendeckel, wobei das iPhone an meinem Halsband ein bisschen schlackerte, dann inspizierte ich das Bad. Es war absolut sauber. Kein Härchen irgendwo, kein Kalkfleck auf einer Fliese.

Bei meinem Frauchen stehen bunte Fläschchen mit schillernden Flüssigkeiten auf dem Badewannenrand. Hier: nichts. Bei meinem Frauchen hängt an einem Haken ein Geschenkband, an das sie Kämmchen zum Haare-Hochstecken geklemmt hat. Hier: nichts. Bei meinem Frauchen gibt's bunte, ungebügelte Handtücher. Hier: je ein weißes Handtuch auf einem silbernen Halter rechts und links vom weißen Waschbecken. Auf einem silbernen Halter über der Badewanne nochmals zwei weiße Handtücher. Kein Fleckchen drauf, keine Lippenstift- oder Makeup-Spur. Nichts. Strahlend-weiß, wie aus der Waschmittelwerbung.

Nachdem ich im Bad nichts Verdächtiges bemerkt hatte, wollte ich dessen nähere Umgebung erkunden. Vom Bad aus kam ich direkt in ein großes Schlafzimmer mit einer riesigen Fensterfront.

Das Schlafzimmer war ebenfalls in Weiß gehalten. Weißer Schrank mit raumhohem Spiegel. Weißes Bett, weißer Bettbezug, weißer Kissenbezug, weiße Tagesdecke. Nur zwei kleine Kissen in Hellviolett boten einen zarten Farbkontrast. Auf dem weißen Teppichboden gab's keinen einzigen Fleck, und er roch durchdringend nach Teppichbodenshampoo. Auf dem weißen Schreibtisch gegenüber dem Bett lag absolut gar nichts. Auf dem Schreibtisch meines Frauchens gibt es ein Sammelsurium von Stiften, Kerzen, Büchern und Arbeitsmaterialien, und natürlich stehen da auch Drucker, Telefon, Monitor, Tastatur und dieses Gerät, das die Menschen fälschlicherweise Maus nennen. Hier: Gar nichts.

Ich schlenderte hinaus in den Flur. Also, ich war schon ein bisschen frustriert. Wie soll man da Spuren sichern, wenn absolut überhaupt gar nichts herumliegt?

Von dem kleinen Flur ging eine kurvige Treppe hinunter in einen anderen Raum, ein Stockwerk tiefer. Wie Sie wissen, sind kurvige Treppen meine Spezialität. Sie werden sich auch bestimmt nicht wundern, wenn ich Ihnen erzähle, dass der Boden in dem Raum, in den ich jetzt hinuntersauste, weiß gefliest war und dass der Tisch aus geraden weißen Beinen und einer durchsichtigen Glasplatte bestand. Um ihn herum standen drei Stühle. Ein vierter lag umgeworfen am Boden.

Ein breiter Durchgang verband das Esszimmer mit dem Wohnzimmer. Ich glaube, das liegt direkt neben dem Wohnzimmer der älteren Frau, von wo ich aufgebrochen bin, aber vielleicht täuscht mich auch mein Orientierungssinn.

Vor der weißen Couch war ein großer Kotzfleck, der schlecht roch. Weiße, blaue und schwarze Kissen lagen auf dem gefliesten Boden, ebenfalls mit Kotze befleckt. Der Couchtisch (ganz in Weiß) war umgeworfen, ebenso die weißbeschirmte Stehlampe. Die Schubladen der weißen Kommode waren aufgerissen und ganz offensichtlich durchwühlt worden. Stifte, Scheren und Kleber lagen kreuz und quer in einer Schublade, die Papiere in einer anderen waren durcheinander geschmissen. Auf dem Schreibtisch im Wohnzimmer, der ebenfalls weiß war, lagen unordentlich Kabel. Vermutlich hatte die

Spurensicherung den Laptop, zu dem sie wohl gehörten, mitgenommen. Auf den weißen Teppich und die Couch waren schwarze Striche aufgemalt.

Nur die abstrakten Gemälde an der Wand – geometrische Figuren in Schwarz und Blau auf weißem Hintergrund, das Ganze in schwarzen Rahmen – die hingen exakt und gerade, wie sie vermutlich hingen, als Franz F. noch lebte.

Ich inspizierte den Platz unter der Couch, die schief im Raum stand. Alles von der Spurensicherung abgeräumt. Wenn da überhaupt etwas gelegen hatte.

Ich löste mein iPhone vom Halsband und machte ein paar Aufnahmen vom Tatort.

Apropos iPhone: Wo war eigentlich das Handy des Ermordeten? Ein Festnetztelefon gab es in der ganzen Wohnung nicht, es musste also irgendwo ein Handy geben. Ich suchte es überall, konnte es aber nicht finden. Schließlich ging mir ein Licht auf: Natürlich, das hatte die Polizei ganz sicher auch mitgenommen. Im „Tatort“ tun sie das auch immer, sie müssen ja rekonstruieren, mit wem das Opfer als letztes telefoniert hat.

Ich stromerte durch den Raum, schnüffelte an Couch, Fliesen und Teppich, aber ich konnte nichts Interessantes mehr finden. So wanderte ich weiter in die Küche. Inzwischen hatte ich ordentlich Hunger bekommen. Vielleicht gab es da eine Kleinigkeit für mich – denn auch eine Miss Marple des 21. Jahrhunderts braucht ab und zu etwas zu essen.

Die Küche war natürlich weiß und aufgeräumt. Nur das Edelstahl-Becken hatte Wasserflecken. Nein, das stimmte so nicht. Ich schnupperte. Es war Wasser, und da war ein ganz leichter Geruch, ein bisschen süßlich, ein bisschen nasekitzelnd und ziemlich interessant.

Die Küchenschränke waren alle geschlossen. Nichts, aber auch gar nichts Essbares stand herum. Mein Magen knurrte.

Ich wollte hier raus. Da das Küchenfenster geschlossen war, musste ich also erst mal zurück an den Tatort. Es grauste mir wegen der Kotze, aber da war nichts zu machen.

Im Wohnzimmer waren die Fenster und die Balkontür ebenfalls zu. Auch das Fenster im Esszimmer war geschlossen, und das im Gäste-WC auch. Der Flur hatte überhaupt kein Fenster. Mist!

Ich hechtete die Treppe hoch ins Schlafzimmer und von dort aus ins Bad zurück. Das Badezimmerfenster war noch immer gekippt. Aber von innen schaffte ich es nicht durchzukommen.

Ich versuchte es, zunehmend verzweifelt, aber ich fand keinen Halt. Von außen war es gar nicht so schwierig gewesen: Aufs schräge Fenster springen, zielsicher so, dass ich mich mit den Vordertatzen am oberen Rahmen festhalten konnte, mich ganz lang und dünn machen und mich dann vorsichtig durch den Spalt auf die andere Seite hinunterlassen. Von innen gab es dagegen keine Möglichkeit hinauszukommen. Ich streckte mich und versuchte, mich durch den Spalt zu quetschen. Dabei wäre ich beinahe noch hängengeblieben. Glücklicherweise konnte ich mich befreien, indem ich mit den Hinterbeinen strampelte. Es war nichts zu machen.

Ich musste nachdenken.

Ich humpelte zurück ins Schlafzimmer, legte mich auf die hellvioletten Kissen, diese Insel in all dem Weiß – und schlief ein.

Wach wurde ich, weil ich Schritte auf der Treppe hörte. Ich dehnte mich ganz eilig und versuchte, vom Bett zu hüpfen und mich zu verstecken. Man sagt ja immer, dass es den Mörder an den Ort seiner Tat zurückzieht. Meine Hinterbeine machten nicht mit. Ich konnte nur humpeln – ja, und da war die Frau schon im Zimmer.

26. April, morgens

Gestern konnte ich nicht mehr zu Ende schreiben: Es war zu viel für mich gewesen, ich war einfach nur noch müde. Deshalb erzähle ich heute weiter.

Ich saß also auf dem weißen Bett, ich kniff die Augen fest zu, ich pullerte vor lauter Angst auf die weiße Tagesdecke und die hellvioletten Kissen, als die Frau hereinkam. Schließlich machte ich die Augen wieder auf – und sah in ein sehr sanftes Gesicht, das zu einer ein bisschen verwirrt wirkenden Dame gehörte. Sie war schlank und trug einen weiten Rock mit lauter rosa Rosen auf weißem Grund, dazu eine rosa Bluse. Um Augen und Mund hatte sie erste Falten. Ihre Haare waren mittellang und braun, das Gesicht sehr fein und hell, die Lippen waren nur ganz dezent mit Lipgloss geschminkt.

Sie schaute mich verwundert an und fragte dann, ganz leis und zart: „Ach, du kleines Kätzchen, wo kommst du denn her? Oh, so süß bist du? Ja wo kommst du denn her? Musst keine Angst haben, du! Ach, so ein zartes kleines Tierchen! Mein Moritz, der sah fast so aus wie du, aber jetzt ist er im Katzenhimmel, weißt du. Ich glaub, da hat er's gut. Magst du was zu fressen, mein Kleiner?“

Es war also eine sehr nette Frau, ich konnte mich entspannen. Ein bisschen komisch fand ich, dass sie das iPhone an meinem Halsband nicht irritierte, aber Menschen sehen nur das, was sie sehen wollen. Sie wollte eben nur ein kleines, süßes, harmloses und verirrtes Kätzchen sehen. Glaube ich.

Ich folgte ihr über den weißen Flur die weiße Treppe hinunter in das weiße Esszimmer, wo sie fast automatisch den Stuhl aufhob und ihn akkurat im gleichen Abstand zu den anderen hinstellte. Von dort kamen wir in einen weiteren weißen Flur – glücklicherweise vermieden wir das Wohnzimmer – und von dem aus in die Küche. Die Frau holte aus einem hohen Schrank eine Dose heraus. Sie machte sie auf und löffelte den Inhalt auf einen weißen Porzellanteller. Es war Fisch, da musste man mich nicht lange bitten. Oh, wie das duftete! Oh, wie gut es tat, wieder etwas Feines zwischen die Zähne zu bekommen! Es dauerte nur kurze Zeit, da sah der Teller wieder so reinlich aus als käme er frisch aus der Spülmaschine.

„So, mein Kleiner, jetzt kommst du mit zu mir“, lockte mich die nette Frau und streichelte mich. „Ich dürfte hier ja gar nicht rein, die Wohnung ist noch nicht freigegeben, weißt Du. Ich lebe jetzt vorübergehend im Hotel. Das ist nicht sehr angenehm. So unpersönlich ist das, weißt du, mein Kleiner. Aber zusammen machen wir's uns da ganz fein gemütlich, ich bin ja so froh, dass ich dich gefunden habe! Ich bin ja so allein, jetzt wo der Franzi von mir gegangen ist – wahrscheinlich hat der Franzi dich geschickt, der Franzi kriegt nämlich alles geregelt."

Ich war auch froh, dass sie mich gefunden hatte. Ich fand sie sehr, sehr nett. Sie war auch fast so hübsch wie mein Frauchen. Aber ich konnte nicht mit zu ihr, selbst dann nicht, wenn sie mir täglich Fisch servierte.

Ich habe einen Job.

Ich bin Teil eines Teams.

Mein Frauchen sitzt im Gefängnis, und wir haben eine Aufgabe, die es zu erfüllen gilt.

Da muss man auch mal verzichten können, selbst dann, wenn einem Fisch und Gemütlichkeit in Aussicht gestellt werden.

Ich humpelte an ihr vorbei aus der Wohnung. Sie lief noch schnell ins Wohnzimmer und kam kurz darauf mit einer blauen Mappe zurück. Zusammen warteten wir am Aufzug. Ich strich ihr dankbar um die Beine, das gefiel ihr offenbar. Ich folgte ihr hinaus ins Freie.

„Man muss auch mal verzichten können, selbst dann, wenn Fisch und Gemütlichkeit locken", dachte ich seufzend. Ich entschied mich nicht für das weiche Kissen, ich entschied mich für die harte Herausforderung. Eine harte Herausforderung – das ist mein Leben zurzeit wirklich. Denn wenn das Frauchen im Gefängnis sitzt, dann bleibt der Teller leer. Man muss selber auf die Suche nach etwas Gutem gehen. Auch ist das Leben mit Goldie nicht immer die reine Wonne.

Ich gab der netten Frau, als sie mich hochhob, mit leisem Bedauern noch einmal Köpfchen, leckte ihr zärtlich über die Wange, dann sprang ich auf den Boden, schlüpfte durch die Hecke und war weg. Sie rief noch eine Weile nach mir. Es tat mir sehr leid, dass sie jetzt allein in ihr Hotelzimmer zurückkehren musste. Aber ich habe ein Frauchen, das mich liebt und das mich jetzt ganz besonders braucht. Ich habe keinen gefüllten Napf, nein, weil mein Frauchen im Gefängnis schmachtet. Aber ich habe ein Ziel.

Ich nahm das iPhone vom Halsband, rief den Routenplaner auf und gab „Heimatort“ ein. Es waren mehr als zwei Kilometer bis dorthin, aber wie gut klang das: Heimatort!

26. April, 4 Uhr nachmittags

Sie haben mich alle fünf ordentlich ausgeschimpft. Dabei waren sie alle nur besorgt um mich, sogar Goldie.

„Wie kannst du dich nur am Tatort von einer Frau, die du nicht kennst, füttern lassen!“, sagte sie. „Es war ganz sicher die neue Frau vom Ex. Was ist denn, wenn sie die Mörderin ist? Was ist denn, wenn in dem Fisch, den du gegessen hast, ein Giftcocktail war?“

Nachdem sie das das dritte Mal gesagt hatte, überlegte ich selber, ob ich nicht Vergiftungs-Symptome spürte. Aber ich spürte nur meine verspannte Hüfte, und die Hinterpfoten taten immer noch fürchterlich weh.

Bis zum Mittag kam ständig eine von den Katzen ins Schlafzimmer, wo ich mich in den Kleiderhaufen eingekringelt hatte und fragte, ob ich noch am Leben sei. Jedes Mal schreckte ich hoch, weil ich gerade eingenickt war. Irgendwann fauchte ich sie alle ordentlich an, da merkten sie, dass ich mich schon wieder auf dem Weg der Besserung befand.

Das Ermittler-Meeting am frühen Nachmittag dauerte überhaupt nicht lange. Wir waren uns nämlich sofort einig: So klappt das nicht. Als Katze kann man mit den meisten Menschen nicht kommunizieren. Man bekommt nicht mal eine Tür selber auf, wenn man nicht grade Percy ist. Der ist der einzige von uns, der Türen öffnen kann.

Wir benötigen Unterstützung.

Ich suchte die E-Mail-Adresse heraus, und Goldie mailte an Fritz-Kasper Schulze, um nachzufragen, ob er auch eine App programmiert hat, die NUR Kätzisch in Menschisch übersetzen kann, ohne Weiterverarbeitung in Computersteuerung oder Texteingabe. Ganz einfach eigentlich: Katze miaut ins

Mikro, iPhone übersetzt es in Menschisch und gibt das über den eingebauten Lautsprecher aus. Eine Übersetzung Menschisch-Kätzisch ist nicht nötig, schrieb sie, denn Katzen verstehen die Menschen sowieso.

Es dauerte nicht lange, da hatten wir seine Antwortmail. „Ich kann Katzen nicht ab, und was sie sagen, interessiert mich nicht“, schrieb Fritz-Kasper Schulze. „Deshalb gibt es auch keine Übersetzungs-App. Es wird auch keine geben, da könnt ihr warten, bis ihr schwarz werdet. Oder rot-gescheckt. Ihr könnt mich mal, Euer FreeKAY Schulze.“

Naja.

Es gibt Menschen, bei denen wäre es von Vorteil, wenn Katzen ihre Sprache NICHT verstehen könnten.

26. April, 18:30 Uhr

„Wenn Du meinst, es geht nicht mehr, kommt von irgendwo ein Lichtlein her“, sagte meine Mama, als ich ganz klein war. „Merk dir das, mein Schätzchen, das gebe ich dir mit auf den Weg ins Leben, wenn ich schon nicht verhindern kann, dass sie dich mir wegnehmen.“

Das Lichtlein, das da daherkam, war groß, schlank, trug rostbraune Jeans und einen schwarzen Pullover. Ich schloss ihn ab dem ersten Augenblick ins Herz.

Er klingelte kurz nach der vernichtenden Mail des katzenhassenden Programmierers an unserer Tür. Percy hüpfte auf die Türklinke, die Tür sprang auf. Da stand der Mann und lächelte uns an. Seine Haare waren dunkel und lockig, die Stirn hoch, die Hände waren feingliedrig. Am besten gefielen mir seine Augen. Denn die waren grün. Grün wie die Augen von Kater Felix.

„Wer seid ihr denn?“, fragte er. Und zwar auf Kätzisch!

Also es gibt ganz, ganz wenige Menschen, die Kätzisch verstehen und es gibt noch viel weniger, die es auch sprechen können. Das ist sozusagen ein

Qualitätssiegel. Menschen mit bösen Gedanken können unsere Sprache einfach nicht lernen, selbst dann nicht, wenn sie sich sehr anstrengen.

Dieser Mensch konnte Kätzisch!

Er war gekommen, weil er eine Galerie besitzt und eine Ausstellung mit Fotos von Frauchen machen möchte. Er sagte, er würde gerne auf sie warten, auch wenn es später würde. Denn ihre Foto-Composings hätten ihn sehr beeindruckt.

„Vielleicht musst du da Wochen warten, oder Monate", sagte ich traurig. Goldie, die immer das letzte Wort haben muss, ergänzte: „Oder ein ganzes Leben lang...".

Wir erzählten dem Mann, was passiert war. Wir erzählten ihm auch, dass wir als Team von Privatdetektiven den Fall aufklären wollen, aber dass wir es ohne Hilfe nicht schaffen.

Da sagte er sofort: „Ich helfe Euch. Wir werden den Mörder finden. Oder die Mörderin."

Wir waren nicht auf die Übersetzungs-App von Fritz-Kasper FreeKAY Schulze angewiesen. Hier stand ein Mensch vor uns, der Kätzisch konnte und uns helfen wollte!

Dann hockte er sich zu uns auf den Boden, griff in seine Tasche, und da waren Katzenkekse drin!

Jetzt sind wir ein Team aus sieben Detektiven: Sechs Katzen und ein Mensch, der Kätzisch kann und Leckerlis in der Hosentasche hat. Punkt 1 in meiner Traummann-Liste kann ich als erledigt abhaken.

Kapitel 3: Frühling mit Kater Felix

28. April

Der Mann mit den Leckerlis, der übrigens Stefan Zumthor heißt, ist auch nicht das, was wir uns von ihm versprochen haben.

Am Samstagabend füllte er uns noch die Futternäpfe, gab uns frisches Wasser und Katzenmilch und säuberte die Katzenklos, aber seitdem hat er sich nicht mehr blicken lassen. Ein sauberer Detektiv ist das!

Vermutlich hat er es sich gestern einfach gut gehen lassen, anstatt unser Frauchen zu retten.

28. April, nachmittags

Na, das war jetzt der Oberhammer!

Heute Vormittag berief ich ein Ermittler-Meeting ein. Wenn auf den Leckerli-Mann kein Verlass ist, müssen wir eben doch alleine weitermachen.

Ich hatte eine schwungvolle Rede vorbereitet, um mein Team ordentlich von den Socken zu reißen. Aber alle saßen nur auf dem Bett und machten es sich gemütlich. Goldie hatte wenigstens den Tablet-Computer vor sich und versuchte, Aufgaben zu verteilen. Merlin schnupperte währenddessen ungeniert an ihrem Hinterteil. Percy saß auf dem Kratzbaum und guckte interessiert auf uns herunter. Die beiden alten Damen kuschelten zusammen und schnarchten leise.

Als ich grade beschlossen hatte, dann eben doch allein loszuziehen, da hörte ich ein Geräusch. Jemand machte sich an der Haustür zu schaffen. Jetzt auch noch Einbrecher? Das wurde ja immer schlimmer. Der Einbrecher war anscheinend eine Einbrecherin, denn ich hörte ein perlendes Frauenlachen.

Eine tiefe Männerstimme antwortete ihr.

Liebe Einbrecher, Ihr seid blutige Amateure, das muss man auch mal sagen. Ein Einbrecher, der seinen Job gelernt hat, der kommt bei Nacht – und er hält seine Klappe.

Im nächsten Moment stand unser Frauchen in der Schlafzimmertür!

Goldie und ich waren die ersten, die zu ihr hinspurteten. Sie ging in die Hocke. Wir schleckten ihre Hände und ihr Gesicht ab und freuten uns ganz riesig! Merlin hüpfte ihr gleich auf den Schoß, dabei hätte sie beinahe das Gleichgewicht verloren. Von dem Spektakel wurde sogar der nachdenkliche Percy aus seinen Gedanken gerissen. Er sprang elegant vom Kratzbaum und schleckte mit am Frauchen herum. Maxi und Purzel öffneten verschlafen ihre Augen. Als sie sahen, wer da war, hüpften sie sofort, ganz ohne ihre übliche Dehn-Zeremonie, vom Bett herunter, verhedderten sich noch in einem Pulli, schleiften den einfach mit und rannten zu ihr.

„Ermittler-Gruppe aufgelöst!“ trompetete Projektleiterin Goldie so laut sie nur konnte, als sich der erste Rummel gelegt hatte. „Jetzt kann es uns ja egal sein, wer diesen Franz Frummeldingens ermordet hat, wenn unser Frauchen außer Verdacht ist!“

„Leider nein“, sagte Stefan. „Die Polizei hat doch bei Rebekka nicht nur das Kleid gefunden, sondern auch eine leere Methanol-Flasche. Mit Methanol wurde Frummelmann umgebracht. In den Vernehmungen hat sie sich selbst mehrmals widersprochen und sich damit sehr belastet. Die Staatsanwaltschaft eröffnete ein Verfahren, sie denken auch, dass Fluchtgefahr besteht. Sie ist nur gegen Kaution freigekommen. Ich habe den ganzen Sonntag herumtelefoniert, um die zusammen zu kriegen. Aber euer Frauchen steht nach wie vor unter Mordverdacht. Wir müssen weiter nach dem wirklichen Täter suchen.“

„Auch kein Problem!“ entschied Goldie. „Ich habe als Projektleiterin Mordkommission alles im Griff.“

Mistviech.

Sie hat alles im Griff, aber ich riskiere es, bei Recherchen in einer fremden Wohnung eingeschlossen zu sein und elend zu verhungern.

Ich fauchte sie an, doch sie achtete gar nicht darauf. Sie war damit beschäftigt, in der Projektmanagement-Software irgendwelche farbigen Kästen hin und her zu schieben.

28. April, abends

Stefan ist immer noch da.

Also mich stört das ja ein bisschen, denn ich würde dem Frauchen gern von meinem Abenteuer in der Penthouse-Wohnung erzählen.

Das Frauchen jedoch stört es gar nicht.

Sie sitzt auf der Couch in einem getupfelten Seidenkleid, neben ihr sitzt Stefan, und sie erzählen sich Dinge, mit so einer schwingenden Stimme, und immer mit einem Lachen drin.

„Ach – Du warst das?“, sagt sie gerade. „Dann kennen wir uns ja schon seit Ewigkeiten!“

„Ja“, antwortet er. „Ohne Dich wär‘ ich ertrunken damals. Ich hielt mich an dem Rand des Eislochs fest und hatte fast keine Kraft mehr, da kamst Du vorbei. Du riefst mir etwas zu und holtest ganz schnell die Feuerwehr. Ohne Dich würde ich nicht mehr leben. Ich hab mich gleich in Dich verliebt damals. Ich schlotterte in dieser Decke, die mir der Feuerwehrmann umgelegt hatte, war grade dem Tod von der Schippe gesprungen und wartete auf den Krankenwagen. Und da verliebte mich in Dich, mit grade mal neun Jahren."

„Das hab ich gar nicht gemerkt, damals", lächelt sie.

Naja, sie merkt manches nicht. Zum Beispiel könnte es ihr komisch vorkommen, dass ich mit ihrem Tablet auf dem Sessel neben dem Bücherregal hocke und ganz leise etwas ins Mikro von dem Teil murmle. Es ist ja nicht gerade so, dass Katzen üblicherweise so etwas machen.

Aber sie hat nur Augen und Ohren für ihn.

29. April

Es ist ja doch ein ganz anderes Leben, wenn man aufwacht, sich in Frauchens Armbeuge kuschelt und gestreichelt wird. Wenn man dann die Treppe hinuntertapst und Frauchen tapst mit und stellt einem Futter und Wasser hin.

Wenn sie ins Büro geht und man schafft es, mit durch die Tür zu schlüpfen und ihren Schreibtisch aufzuräumen (das kann ich sehr gut!).

Trotzdem – die Arbeit geht weiter. Ich werde jetzt erst einmal Maxi und Purzel vernehmen.

Vernehmungsprotokoll Maxi und Purzel.
Identifikationsnachweis: Beide Zeuginnen sind der Vernehmungsleiterin und der Protokollantin persönlich bekannt
Vernehmung durchgeführt von: Coco
am: 29. April, 10:43 – 11:16
Ort der Vernehmung: Frauchens Schlafzimmer
Protokolliert von: Goldie

Die Zeuginnen Maxi und Purzel kannten den Ermordeten Franz Frummelmann (56) persönlich, weil er mit ihrem Frauchen verheiratet war und lange

Jahre in ihrem Haushalt wohnte. Das bedeutet in concreto: Maxi und Purzel leben seit 17 Jahren 7 Monaten und 23 Tagen im Hause. Bei ihrem Einzug wohnte der Ermordete schon dort (er und das Frauchen haben vor etwas über 22 Jahren geheiratet, genauere Angaben konnten die Zeuginnen dazu nicht machen). Er begrüßte den Einzug der beiden Zeuginnen nicht, äußerte aber zunächst auch keine Einwände. Später beschuldigte er die beiden Zeuginnen immer häufiger, sein Haus, dessen Eigentümerin in Wirklichkeit Frau Rebekka Sommerthal (damals: Frummelmann) ist, zu beschmutzen. Er wurde vor beinahe sechs Jahren von seiner Frau Rebekka Frummelmann persönlich aus dem Haus geworfen und vor etwas über vier Jahren von ihr geschieden. Sofort danach nahm sie wieder ihren Mädchennamen an.

Die Zeuginnen Maxi und Purzel konnten also über lange Zeit sein Verhalten studieren, und dieses war äußerst verbesserungsbedürftig.

Die gravierendste Anklage, die die beiden Zeuginnen gegen den Ermordeten erheben, ist die der Mord-Absicht. Während der Ermordete die beiden Katzen zunächst duldete, drang er in den letzten beiden Jahren vor seinem Auszug wiederholt in seine damalige Frau Rebekka, dass die Katzen weg müssten. Zuerst zog er die Verbringung ins Tierheim in Erwägung, später hielt er es für „nachhaltiger“, die beiden Zeuginnen zu töten. Eine Ermordung durch den Tierarzt wurde von Rebekka und dem Tierdoktor empört zurückgewiesen. Daraufhin besorgte der ~~Angeklagte~~ Ermordete eine große Flasche mit einer katzentötenden Substanz, um selbst Hand an Maxi und Purzel zu legen. Er begründete seine üblen Absichten mit dem Vorwurf, die beiden würden Haare verlieren, Futter um den Napf herum verteilen, es sich auf seinem Fernsehsessel gemütlich machen, und sie hätten sogar mehrmals auf seinen teuren weißen Teppichboden gekotzt.

Als sie die Flasche mit dieser Substanz – genannt Methanol – entdeckte, warf Rebekka unter dem begeisterten Beifall der beiden Katzen Maxi und Purzel Herrn Frummelmann aus dem Haus. Seine Hemden und Anzüge sowie seinen Business-Laptop und einen Haufen anderes Zeug aus seinem persönlichen Besitz warf sie gleich hinterher. Da sie im Anschluss sofort das Türschloss auswechselte, war diese Entscheidung unumkehrbar.

Gez. Goldie (Protokollantin)
zur Unterschrift vorgelesen und genehmigt:
Maxi
Purzel

Wir waren kaum fertig mit der Vernehmung und dem Protokoll, da spazierte Percy ganz seelenruhig ins Zimmer. Ich hatte ja gar nicht mitbekommen, dass er weg gewesen war. Er war durch die Katzenklappe raus- und dann wieder reingeschlüpft, erzählte er.

„Es gibt noch mehr Personen, die ein Motiv haben und von der Polizei vernommen werden.", berichtete er im Plauderton, als ginge es darum, ob das rote Kissen oder das blaue Kissen weicher sei. „Euer Herr Frummelmann scheint ein ganz schön autoritärer Knochen gewesen zu sein, und mehrere Leute in der Region haben einen ordentlichen Hass auf ihn. Zwei Unternehmen hat er ruiniert, sagt man."

Dann kletterte er auf den Kratzbaum und legte sich schlafen.

30. April, vormittags

Wir kratzten am Kratzbaum, wir sprangen daran hoch, Merlin hüpfte in die Ausruhschale unterhalb von Percys Podest und boxte seinen Bruder mit den Vorderpfoten – es half alles nichts. Percy schnarchte und wachte nicht auf.

Wir beratschlagten, ob wir ihn wachbeißen sollten, kamen davon aber wieder ab, weil wir jeden Ostermontag, nach alter Tradition, Friedensdemo machen und unglaubwürdig werden, wenn wir dann unseren eigenen Bruder beziehungsweise Hausgenossen und Freund übel zurichten. Außerdem lieben wir ihn, da verbietet sich so was schon von selbst.

Also blieb uns nichts übrig, als zu warten, bis er von alleine wieder wach wurde.

Ich nutzte die Zeit und schlüpfte durch die Katzenklappe ins Freie.

Ach, was ist der Garten schön, wenn der Frühling kommt! Die Luft war mild, rote, apricotfarbene und gelbe Tulpen blühten, die Forsythie knallte fast über vor Blüten, die ersten Hummeln summten um die Tränenkrüglein, und Kater Felix von schräg gegenüber strich durch die Büsche.

Ich liebe den Frühling!

Kater Felix lächelte mich an, dann machte er einen großen Satz auf mich drauf, so dass ich das Gleichgewicht verlor und auf den Boden kollerte. Er war gleich über mir und knuffte mich mit seinen hübschen weißen Pfötchen in die Seite. Das ließ ich mir nicht zweimal sagen! Ich balgte mit ihm, bis ich oben war und haute so ein bisschen kokett nach ihm, nicht fest, nur ganz zart. Dann wälzten wir uns zusammen im Narzissenbeet, es war sehr romantisch.

Schließlich machte Kater Felix sich frei und preschte davon. Ich ihm nach. Unter dem Zaun durch, in den Nachbargarten von Frau Schuster-Schmid. Elegant jagte er über die Terrasse. Dort stand ein Kinderwagen, da lag vermutlich das Baby drin. Ich konnte es nicht erkennen, weil nur eine dicke Decke zu sehen war. Außerdem, das muss ich zugeben, war meine Aufmerksamkeit durch das charmante Flirten von Kater Felix abgelenkt. Ich sauste meinem Kavalier hinterher, prallte – nur ganz leicht, ehrlich! – gegen den Kinderwagen, der fing an zu schaukeln, und aus dem Wagen brüllte das Baby, als hätte es einen eingebauten Verstärker.

Während ich erschrocken innehielt, verschwand Kater Felix im Gebüsch. Kein schwarz-weißes Flauschfell mehr zu sehen, weg war er, wie vom Erdboden verschluckt.

Vielleicht liebt er mich gar nicht wirklich?

Ich muss zugeben: Mit Männern habe ich keine Erfahrung, ich bin ja erst ein Jahr alt; dies ist mein erster Frühling! Ich muss noch so viel lernen!

Seufzend machte ich mich auf den Heimweg.

Das war auch gut so, denn ich hatte gerade den Zaun erreicht, als Frau Schuster-Schmid aus der Terrassentür tobte, mit einem großen Lasso! Sie warf es aus, ich brachte mich schnell in Sicherheit. Deshalb passierte glücklicherweise nichts, sie hat nur die ganzen Tulpen in ihrem Tulpenbeet damit geköpft.

Aber Felix...
Felix blieb verschwunden. Wahrscheinlich ist er doch einfach ein Casanova.

Als ich zurückkam, war Percy gerade aus dem Tiefschlaf erwacht.
Die anderen Katzen saßen schon am Fuß des Kratzbaums und warteten. Rebekka und Stefan kuschelten auf dem Bett und nutzten die Wartezeit, indem sie sich küssten.
„Du sagtest, es gebe noch mehr Personen mit einem Motiv, und Herr Frummelmann sei ein Knochen gewesen", miaute Goldie, während sie die App aufrief, die sie für die Protokollführung benutzte.
„Ja, genau", bestätigte Percy und sprang mit einem eleganten Schwung auf den Boden. „Sorry, Leute, das Recherchieren im Kommissariat ist sehr stressig, ich brauchte einfach kurz ein bisschen Ruhe."
Wir scharten uns um ihn.

„Ich kenne den Pförtner des Polizeipräsidiums", verriet er uns. „Er wohnt da drüben in dem gelben Haus. Manchmal gehe ich hin und spiele mit seinen Kindern. Deshalb ließ er mich passieren, als ich heute Vormittag im Präsidium war. Ich schlich in den 1. Stock, Raum 104. Da sitzen der Kommissar mit dem Goldkettchen und sein hinterfotziger Kollege, der so lieb lächelte und dann das Frauchen im Polizeiauto mitnahm. Ihr wisst ja, ich kann sehr unauffällig wirken. Sie merkten also gar nicht, dass ich den Raum betrat. Ich legte mich einfach unter einen Schreibtisch, der in der Ecke steht und offenbar nicht benutzt wird."

„Ja, okay – prima gemacht, was ist jetzt mit den Personen mit dem Motiv?" fragte Merlin, dem diese ganzen Ausführungen schon viel zu lange dauerten.

„Der Frummelmann hat doch Unternehmen beraten. In einem Fall ging es um Prozessoptimierung. Bei einem Schokoladen-Nikolaus-Hersteller. Die Arbeitsabläufe an einer Schokoladen-Nikolaus-Herstell-Maschine wurden effizienter gestaltet. Sorry – das klingt fürchterlich gestelzt, aber die Kommissare sagten genau das, das sind wahrscheinlich Fachbegriffe. Ich habe mir die Wörter alle gemerkt. Das mit der Optimierung an dieser Maschine funktionierte auch hervorragend. Die produzierte danach fast doppelt so viele Schokoladen-Nikoläuse pro Tag wie vorher. Frummelmann behauptete nun, das würde auch bei Schokoladen-Nikoläusen klappen, deren Mütze und Sack mit weißer Schokolade überzogen sind. Ging aber nicht. Der Frummelmann setzte dem Meister, der für die Nikoläuse mit den weißen Mützen zuständig war, fürchterlich zu, weil der nur das Eineinviertelfache schaffte. Frummel wollte doch Resultate vorweisen. Er hält bei Unternehmertreffen immer so Vorträge zum Thema ‚Optimieren für Sieger' oder so, sagte das Goldkettchen."

„Er HIELT", korrigierte Goldie sofort.

Percy ließ sich nicht aus der Ruhe bringen und berichtete weiter: „Aber es war eben nicht exakt der gleiche Arbeitsablauf, es ging einfach nicht. Fragt mich keine Details, ich kenne mich da nicht so aus. Ich glaube ja, die zwei Kommissare kennen sich da auch nicht so aus. Also beim ersten Ergebnis-Meeting sagte der Frummel..."

„Ich hoffe, es gab nicht gar zu viele Ergebnis-Meetings", maunzte Goldie und rollte die Augen ein ganz klein wenig nach oben. „Und ich hoffe, Du willst uns die Ergebnis-Meetings jetzt nicht im Detail schildern. Der Ermordete heißt übrigens nicht Frummel, sondern Frummelmann. Genauer gesagt: Franz Frummelmann. Außerdem hast du was von zwei insolventen Unternehmern gesagt, und das mit der Prozessoptimierung ist jetzt eine völlig andere Geschichte – ich komme schon ganz durcheinander mit dem Protokoll."

Percy blickte sie irritiert an. Ich glaube, er hatte erwartet, dass er jetzt der Held der Stunde ist. Goldie fehlt da einfach ein gewisses Feingefühl, ich musste die Sache selber in die Hand nehmen.

„Erzähl weiter!“, ermutigte ich ihn deshalb und leckte ganz zart seinen Hals da, wo er es besonders gerne hat. „Ich finde es sehr heldenhaft, dass Du Dich in die Höhle des Löwen, also ich meine ins Polizeipräsidium, gewagt hast!“

Percy war immer noch ein bisschen eingeschnappt. „Also, wenn Euch meine Geschichte nicht interessiert...“, maunzte er. „Wegen den insolventen Unternehmen muss ich nochmals hin, die beiden Unternehmerinnen sind nämlich noch gar nicht vernommen worden.“

„Der Verdächtige ist bestimmt der Mann mit der Goldkette“, vermutete Purzel, die gerade aus dem Halbschlaf hochschreckte. „Der kam mir gleich nicht geheuer vor.“

„Der Verdächtige ist der Sohn dieses Meisters“, erläuterte Percy. „Frummelmann schrieb einen Bericht an die Geschäftsführung, da stand drin, dass der Mann beratungsresistent sei und sich neuen Betriebs-Abläufen verweigere. Ein Mitarbeiter habe der Firmenleitung zuzuarbeiten und alles dafür zu geben, dass der Betrieb optimal läuft. Der Meister würde stattdessen die Optimierung der Prozesse boykottieren und deshalb nur unwesentlich höhere Ergebnisse erzielen als bisher. Die Folge war, dass sie den Mann bei nächster Gelegenheit in den Vorruhestand schickten. Der hat das nicht verwunden, er wurde depressiv und begann zu trinken. Sein Sohn sagte zu einem Mitschüler: ‚Schuld ist nur der Frummelmann! Den bring ich um, diesen Verbrecher!‘ Das gab der Mitschüler heute Morgen zu Protokoll, ich habe es mit eigenen Ohren gehört.“

Stefan übersetzte den Bericht für Rebekka, die immer noch sehr mitgenommen war und deshalb Kätzisch nicht verstand. Dann fragte er Percy nach dem Namen des jungen Mannes.

„Aha“, sagte er dann. „Sven Glarisch – ich notiere mir das sofort. Okay, Percy, ich werde versuchen, ihn zu treffen und mit ihm zu reden.“

Wenn Sven Glarisch der Mörder ist, ist unser Frauchen aus dem Schneider. Aber ich muss ehrlich sagen, der Gedanke, dass der arme Junge vielleicht ins Gefängnis kommt, weil er es nicht verkraftet, dass Frummelmann seinen Vater in die Depression getrieben hat, dieser Gedanke macht mich sehr traurig.

30. April, nachmittags

Auch wer in einem Mordfall ermittelt, braucht Sonne und frische Luft. Ich spazierte also nach dem Mittagessen durch die Katzenklappe ins Freie und atmete erst mal tief die Frühlingsluft in meine Lungen.

So, das tat gut! Ich stromerte über die Wiese, auf der Narzissen blühen, rieb mein Köpfchen an einer Blüte und inspizierte das Moos, das sich ausgebreitet hat, obwohl es hier nicht hingehört. Auf der Terrasse gab es ein Geräusch – als ich hinüberschaute, sah ich gerade noch die Hollywoodschaukel schaukeln.

Im nächsten Moment stand Kater Felix vor mir. Sein schwarz-weißes Fell glänzte in der Frühlingssonne. Er sah nicht im Geringsten zerknirscht aus. Im Gegenteil. Auf seinem Gesicht strahlte ein siegesgewisses Lächeln und seine muskulöse Brust war stolzgeschwellt. Mich durchströmten nie gekannte Empfindungen, von der Hinterpfote bis in die Schnurrbartspitzen.

Kann das Liebe sein?

„Wie schön, dich zu sehen", miaute er und blinzelte mir zärtlich zu. „Ich habe den ganzen Vormittag an Dich gedacht."

„Du bist verschwunden, während die Alte mit ihrem Lasso nach mir geworfen hat!", grollte ich vorwurfsvoll.

„Sie hat aber nur Tulpen gefangen", kicherte Felix. „Das wird ihr gar nicht gefallen. Ich habe doch zugeschaut, wie sie die eingepflanzt und die Abstände mit dem Lineal ausgemessen hat."

Ich stellte mir das vor, und da musste ich auch ein wenig lächeln.

„Ich habe eine wichtige Information für dich", berichtete Felix. „Es geht um den Mordfall. Hast du was zum Schreiben da?"

Komische Frage.

Als würde eine Katze von Welt selbst in ihrer karg bemessenen Freizeit mit Stift und Papier oder mit Tablet und FreeKAY-App durch die Wiesen streichen.

„Wenn es etwas Wichtiges ist, dann komm mit rein", maunzte ich gnädig.

Merlin kuschelte gerade mit Goldie, Maxi putzte sich, Purzel schlief und Percy dachte nach, als wir das Schlafzimmer betraten.

Hier sah es inzwischen wieder ordentlich aus. Die Pullis, Hosen, Röcke und Kleider von Frauchen, in die wir uns während der letzten Tage reingeflüchtet hatten, trockneten dem Gebügeltwerden entgegen.

Mit einem eleganten Satz sprang Felix auf das Bett. Percy, in seinen Gedanken gestört, knurrte. Purzel, in ihren Träumen nicht im Geringsten gestört, schnarchte weiter. Das Liebespaar unterbrach sein Kuscheln und Maxi ihr Fellgelecke. Wir warteten gespannt, was Felix uns zu berichten hatte.

„Wie ihr wisst, ist mein Herrchen der Sparkassendirektor", begann der Kater. „Gerade eben beim Mittagessen erzählte er, dass die Hellwighsche Fabrik genauso pleite ist wie die CNC Huber GmbH, und dass an beiden Insolvenzen der Herr Frummelmann eine Mitschuld trägt. Ist ja vielleicht interessant für Euch Detektive, oder nicht?"

Goldie sprang vom Bett. Im nächsten Augenblick kam sie mit dem Tablet-Computer zurück.

„Warte einen Moment, ich habe die App sofort aufgerufen", miaute sie.

Felix wartete und putzte sich ganz cool die linke Hinterpfote. Er genoss ganz offensichtlich unsere Spannung.

„Also, Hellwigh ging es schon etwa ein Jahr lang ziemlich schlecht, nachdem sie einen Großkunden verloren hatten", erklärte er. „Frummelmann hat Frau Hellwigh beraten, die Hellwigh-Erbin, wisst ihr. Er soll sehr böse geworden sein, weil sie seine Anordnungen nicht gleich befolgte. Sie hat eine Weile gar nichts gemacht und nach einigen Monaten plötzlich ganz radikal umgesetzt, was er ihr empfohlen hatte. Mein Herrchen sagt, dass sie damit die Hellwighsche Fabrik, die kurz davor ihr Hundertjähriges gefeiert hatte, innerhalb von einem halben Jahr ruinierte."

Goldie maunzte in das Mikrofon des Tablet-Computers, dann hob sie den Kopf und sagte: „Bin so weit. Weißt du noch mehr?"

„Über Hellwigh nicht“, musste Felix zugeben. „Aber über die Huber GmbH.“

Wir schauten gespannt auf sein Mäulchen.

„Herr Huber ist vor zwei Jahren gestorben, die Kinder sind noch klein, da hat Frau Huber die Firmenleitung übernommen. Sie war bis dahin Hausfrau und hat sich um die beiden Söhne gekümmert. Musste sich erst einarbeiten – das klappte wohl nicht so gut. Der Leiter der Produktion kündigte noch dazu vor einem dreiviertel Jahr, der Vertriebsleiter wechselte nach Brasilien – ja, dadurch ging es noch schneller bergab.“ Felix seufzte, als würde ihn tiefstes Mitgefühl mit Frau Huber überwältigen, aber ich glaube, er wollte uns nur auf die Folter spannen.

„Auch Frau Huber engagierte Frummelmann als Berater, um die Pleite abzuwenden“, seufzte Felix theatralisch und schüttelte seinen Kopf über so viel Unverstand.

„Er riet ihr, die Spielgruppe zu wechseln, was immer das ist...“

„Zielgruppe!“ fuhr Goldie dazwischen und maunzte wie wild ins Mikrofon des Tablets.

„Also, gut, die halt. Frau Huber hat alles gemacht, was er ihr sagte, jetzt ist sie pleite. Die Firma steht zum Verkauf, aber keiner will sie haben. Frau Huber hat in einem Zeitungsinterview gesagt, dass sie jetzt ganz arm ist wie eine Kirchenmaus und wahrscheinlich bald von Sozialhilfe leben muss.“

Goldie maunzte in das Mikrofon, und in Maxis Augenwinkeln entstand etwas Feuchtes.

„Das ist aber noch nicht alles“, trumpfte Felix auf.

Ich schaute ihn bewundernd an.

Auch wenn er vor Lassos davonläuft: Er IST ein Held.

„Mein Frauchen erzählte dem Herrchen beim Nachtisch, dass die Frau Huber was mit dem Frummelmann hatte und dass er sie verließ, als sie dann pleite war.“

Goldie maunzte ins Mikro.

Dann wandte sie sich zu uns um. „Claudette Hellwigh, Antje Huber!", sagte sie. „Hab' ich gerade gegoogelt."
Merlin gab ihr einen Nasenkuss. Er versank in Bewunderung und guckte sie aus großen Augen an. Manchmal nervt mich das, wie die beiden miteinander herumturteln.

„War da nicht was mit einer Frau, die der Nachbar am Abend des Mordes gesehen hat?", fragte Maxi dazwischen und leckte sich ihr schwarz-weißes Fell.
„Dann müssen wir nur noch ermitteln, welche der beiden am Tattag am Tatort war", stellte Goldie fest.
„Oder ob der Nachbar Frummelmanns NEUE Freundin gesehen hat", wandte Purzel ein, die inzwischen ganz aufgewacht war.

Goldie schaute sie an, als wäre sie irre. Manchmal denke ich das auch, aber manchmal habe ich das Gefühl, dass Purzel sehr, sehr klug ist.

30 April, abends

Heute Abend saßen sie einfach nur so auf der Terrasse, in der Hollywoodschaukel, schaukelten leise vor sich hin, schauten die Sterne an und nippten ab und zu an ihrem Rotwein. Irgendwann legte Rebekka den Kopf an Stefans Schulter und seufzte tief.

Dann lächelten sie sich zu, küssten sich und schauten wieder die Sterne an.
Ich saß eine ganze Weile auf der Wiese und wartete, ob Felix kommen würde. Goldie bummelte an mir vorbei, dehnte und streckte sich, nickte mir verschwörerisch zu und schlenderte dann zur Terrasse hinüber.
Mit einem Satz war sie auf Frauchens Schoß und kuschelte hinein.

Manchmal hat sie sehr gute Ideen. Ich bummelte ebenfalls zur Terrasse hinüber und sprang in Stefans Schoß. Tretelte an seinem Bauch herum und schnurrte. Er holte ein paar Leckerlis aus der Tasche, die teilte er zwischen uns beiden auf.

Rebekka und Stefan lächelten sich an. Dann streichelten sie die Katzen in ihrem Schoß, und manchmal berührten sich ihre Hände.

Ganz viele Sterne blinkten auf uns hinunter, und irgendwo löste sich eine Sternschnuppe und verglühte am Nachthimmel.

Kapitel 4: Liebeserklärung für eine Leiche

4. Mai

In den letzten Tagen habe ich mich erst mal ein bisschen von den Ermittlungen erholt, darum steht da auch nichts in meinem Tagebuch. Der 1. Mai war Feiertag, der 2. Mai Brückentag. Leute, die viel arbeiten, schätzen Brückentage, denn an so einem verlängerten Wochenende ist so richtig Zeit zum Ausspannen.

Man kann jetzt auch nicht sagen, dass an diesen Tagen nichts passiert sei.
Es ist sogar eine ganze Menge passiert.
Aber das ist privat und geht nur Felix und mich etwas an.
smile

5. Mai

Gestern Abend hatten mein Frauchen und der Leckerli-Mann ihren ersten Krach.

„Ist doch klar, dass ich da hin muss!“, schrie sie.

„Du bist wohl übergeschnappt, du bist die Hauptverdächtige“, brüllte er.

Ich versteckte mich unter der Bettdecke und hoffte, dass sie sich bald wieder versöhnten. Ich mag es nicht, wenn Menschen, die ich liebe, einander angiften. Irgendwann war dann Ruhe. Jetzt geht gleich die Tür auf, und sie kommen rein und wir kuscheln alle zusammen, dachte ich. Dann hörte ich energische Schritte, und wumms! knallte die Haustür zu.

Kurz darauf heulte der Motor von Stefans Auto auf, dann war wieder Stille.

Heute Morgen ging das Telefon, schon früh um 8. Frauchen lief sofort hin. Gleich darauf begann sie zu weinen und sagte in den Telefonhörer: „Ja, ich dich doch auch! Och, Mönsch, ich hab dich so vermisst, du.“ Dann schluchzte sie wieder in den Hörer, ganz lange Zeit. Schließlich sagte sie: „Ja, das ist bestimmt am besten. Kommst du hinterher noch vorbei? – Ja, also, bis nachher. Ich dich auch... Tschau, Bärchen.“

Kopfschüttelnd eilte ich in die Kommando-Zentrale. Merlin thronte auf Frauchens Kopfkissen und murmelte ins Tablet-Mikrofon. „Da kann ich mir jetzt keinen Reim darauf machen“, maunzte ich. Menschen sind ja schon manchmal komisch.

„Ich kann mir da schon einen Reim darauf machen“, erklärte Merlin und zeigte mir die Seite im Internet, die er gerade studierte. „Heute Nachmittag ist die Beerdigung, und du, Goldie und ich, wir gehen hin.“

5. Mai, am späten Vormittag

Die Frühlingssonne scheint, dass es eine Pracht ist. Mein ganzer Körper prickelt, von der hinteren Pfote bis zur Ohrenspitze. Vor allem um die Mitte rum. Ich hebe mein Hinterteil und singe. Töne kommen aus meiner Kehle, die kannte ich bisher gar nicht. Bilder tauchen vor meiner Seele auf, von Kater Felix und von Glück und von Katzenbabys, das ist alles ganz wunderschön und neu.

Ich bin vorhin rausgegangen, aber Kater Felix war nicht da.

Vielleicht ist er doch ein Casanova. Langsam mache ich mir Sorgen deswegen.

Vorsichtig bin ich auf die Terrasse von Frau Schuster-Schmid geschlichen. Möglicherweise mache ich mir Sorgen, und er sitzt währenddessen auf der Terrasse von Frau Schuster-Schmid und schlabbert Katzenmilch.

Auf der Terrasse stand der Kinderwagen.

Aus der Küche hörte ich so ein „Ja dutsidutsi! Babydutsidutsi!“ Das macht sie immer, wenn sie das Baby wickelt. Haben die jetzt zwei Babys, eins auf der Terrasse und eins in der Küche?

Weil ich JEDER Sache, die mir wichtig erscheint, auf den Grund gehe, sprang ich kurzentschlossen in den Kinderwagen.

Da lag aber kein Baby drin.

Also legte ICH mich rein, und es war außerordentlich komfortabel. Nachdem ich mich auf dem bestickten Kissen in die Position gekuschelt hatte, die mir am besten gefällt, schaute ich mich um, und was sah ich? Auf dem Holunderbaum in unserem Garten saß Kater Felix und äugte zu mir herunter.

Ich winkte ihm, und mit einem Satz war er unten, im Garten der Frau Schuster-Schmid. Mit dem zweiten Satz war er bei mir. Der Kinderwagen quietschte ein bisschen, als er reinsprang, aber mein Herz quietschte noch viel mehr, so freute ich mich.

Ich rückte ein wenig zur Seite, und Felix kuschelte sich neben mich.

Ich hob mein Hinterteil und stimmte mein neues Lied an. Kater Felix sah mir tief in die Augen, dann packte er mich zärtlich am Nacken, und was dann passierte, erzähl ich Ihnen nicht.

Erst als wir Schritte hörten und das „dutsidutsi“ von Frau Schuster-Schmid schon ganz aus der Nähe zu vernehmen war, erst dann sprangen wir raus und sausten davon.

5. Mai, Später Nachmittag

Weil Maxi und Purzel sich kurzfristig entschlossen hatten, zur Beerdigung mitzukommen, mussten wir den Bus nehmen. Sie sind eben doch nicht mehr so gut zu Pfote.

Goldie hatte Haltestellen und Abfahrtszeiten recherchiert. Wir lauerten schon im Gebüsch, als der Bus ankam. Wir warteten, bis alle Leute aus- und eingestiegen waren, und erst in letzter Minute preschten wir die Stufe hoch und verkrochen uns unter einer der Bänke. Ja, für kurze Sprints sind die beiden Senioren-Damen noch gut zu haben, nur die sportliche Ausdauer, die lässt mit dem Alter doch etwas nach...

Dass heute Goldie das iPhone am Halsband trug, machte mich ganz fuchsig. Man fühlt sich so handlungsunfähig, wenn man nicht mal schnell etwas recherchieren kann, bei Bedarf.

Aber sie hatte gesagt, sie sei schließlich die Projektleiterin (was ja auch stimmt), und als ich das iPhone trotzdem haben wollte, war sie einfach davon gesaust. Niemand ist schneller als Goldie. Nicht mal Felix.

seufz

Als wir am Friedhof ankamen, hatte die Zeremonie schon begonnen. Sehr viele schwarz gekleidete Männer und Frauen standen da um ein großes Loch und schauten sehr unglücklich und betreten. Dabei war er doch ein autoritärer Knochen gewesen, der Persönlichkeiten wie Maxi und Purzel hatte ermorden wollen.

Sie schauten also alle miteinander drein, als wären sie grade ihrer Mama weggenommen worden. Ganz vorne neben dem Loch stand meine neue Freundin, die Frau Gundula Frummelmann. Heute hatte sie keinen Rosenrock an. Heute trug sie ein schwarzes Kleid und auf dem Kopf ein kleines Hütchen mit einem schwarzen Schleier. Sie sah so zart und zerbrechlich aus, dass es mir das Herz rührte.

Weiter hinten sah ich Stefan. Er wirkte ernst und angespannt.

Nachdem alle mit Grabesstimme „O happy day“ gesungen hatten, trat ein Mann vor. Im „Tatort“ hat so ein Mann meistens ein bodenlanges schwarzes

Kleid an mit einem weißen Überwurf drüber und eine Kette mit einem Kreuz um den Hals. Oder so ähnlich.

Dieser Mann jedoch trug einen schwarzen Anzug, an dessen Revers eine Schmucknadel steckte. Sie stellte ein silbernes Dreieck mit einer goldenen Spitze dar. Um das zu sehen, musste ich zwischen vielen Beinen durchschlüpfen und vorsichtig sein – mein getigertes Fell ist einfach auffälliger als das schwarze von Percy. Aber ich dachte, es könnte wichtig sein. Zumal einige der Trauergäste ebenfalls Schmucknadeln mit diesem Symbol trugen, wie ich jetzt bemerkte.

„Nun ist er von uns gegangen, unser lieber Freund Franz Frummelmann", hub der Redner an. „Er war ein genialer Berater, eine der größten Wirtschaftszeitungen Europas nannte ihn einmal den ‚Power-Coach mit dem Schlüssel zum Erfolg'. Aber Franz Frummelmann war noch mehr als das. Sein Leben lang hat ihn nur eine Mission erfüllt: Der Wahrheit zu ihrem Recht zu verhelfen. ‚Nur in der Ordnung kann Wahrheit gedeihen' – das war sein Wahlspruch, mit dem er uns immer wieder auf den rechten Weg geführt hat. Möge seine Seele nun in diese Ordnung eingehen, die Ordnung allen Seins, die ihm so viel bedeutete.

Liebe Frau Frummelmann, wie schwer ist jetzt Ihr Los! Sie müssen nun auf den Beistand verzichten, den unser lieber Ermordeter Ihnen so freigiebig gab. Nehmen Sie unser aller Beistand zum Trost!"

Als dann eine Blaskapelle zu spielen begann, überkam mich schlagartig das Bedürfnis nach Übersicht und Abstand. Ich kletterte schnell auf eine große Eiche.

Von oben sah alles recht wundersam aus. Da war das große Loch. Daneben stand auf einem Wagen ein weißer Sarg mit einem riesigen Bouquet weißer Rosen obendrauf. Drumherum hatten sich all die Damen und Herren positioniert, viele Damen mit Hut, einige Herren mit Glatze. Etwas abseits von ihnen beobachteten der Ermittler mit dem Goldkettchen und sein Kollege das Geschehen. Mir war sofort klar, weshalb die da waren: Es kommt sehr oft vor, dass sich der Mörder auf der Beerdigung des Opfers verrät. Jedenfalls im Sonntagabendkrimi. Einem Ermittler erleichtert das natürlich die Arbeit ganz ungemein.

Auf der anderen Seite des Lochs lagen mehrere Kränze mit weißen Bändern.

Die wollte ich jetzt doch etwas genauer inspizieren. Okay – es war nicht zu erwarten, dass auf einem der Bänder stand „Ruhe unsanft – deine Mörderin" (und dann der Name und die genaue Anschrift). Jetzt fragen Sie sich vielleicht, warum ich von einer MörderIN spreche. Im Internet habe ich recherchiert, dass Giftmorde vor allem von Frauen verübt werden, das ist statistisch erwiesen. Ich gehe deshalb davon aus, dass wir nach einer MörderIN suchen müssen. Außerdem möchte ich einfach nicht, dass Sven Glarisch der Mörder ist, diese Familie hat schon genug unter dem Frummel gelitten.

Ich schaute mir deshalb die Damen der Reihe nach an. Sie guckten alle ganz ergriffen und traurig drein. In der zweiten Reihe trompetete eine laut in ihr Taschentuch. Links außen, etwas abseits, unterhielten sich ein paar ältere Frauen.

Eine elegante Dame stand direkt neben meiner Frau Frummelmann. Sie hatte den Arm um ihre Taille gelegt und stützte sie. Ihr Gesicht konnte ich nicht erkennen, weil es unter einem kleinen schwarzen Schleier verborgen war. Es kam mir aber ganz absurd vor, dass sie die Mörderin sein könnte, weil sie sich so nett um Frau Frummelmann kümmerte.

Auf der anderen Seite von Frau Frummelmann sah ich eine ziemlich alte Frau zusammen mit einer anderen etwa in Frauchens Alter. Die alte Frau weinte sehr. Sie war ganz gebeugt und schluchzte verkrampft und stoßweise. Und so laut, dass es niemand überhören konnte. Sie trug ein altmodisches schwarzes Jackenkleid, dessen Jacke komplett aus Spitze war, das graue Haar hatte sie zu einem Knoten gesteckt. Ihre Nase fiel mir auf, weil die gebogen und ziemlich groß war. Die Jüngere, deren Nase ebenso gebogen und ziemlich groß war, bemühte sich sehr um sie. Jetzt zog sie einen dicken schwarzen Schal aus einer Einkaufstüte. In den mummelte sie die alte Frau ein, obwohl es doch gar nicht kalt war. Die sagte aber nicht „Danke“ oder so etwas, sondern wehrte die Jüngere mit ruckartigen Bewegungen ab. Ich hatte etwas Ähnliches mal im Fernsehen gesehen, da ging es um eine alte Mutter und ihre alleinstehende Tochter, die bei ihr wohnte und sie pflegte. Im Fernsehen lernte die alleinstehende Tochter dann einen Mann kennen. Sie wollte ihn heiraten, aber dann hatte sie so ein schlechtes Gewissen bei dem Gedanken, die Mutter zu verlassen, dass sie bei ihr blieb und den Mann fortschickte. Während der letzten Szene musste ich damals ganz arg schniefen - da steht der Mann und kann es nicht fassen, dass sie sich von ihm getrennt hat, und sie und die Mutter gehen weg von ihm, hinein in das Häuschen, in dem sie wohnen und machen die Tür hinter sich zu. Dabei erklingt eine ganz traurige Musik, so schluchzende Geigen, es ist alles sehr, sehr traurig.

Aber auch diese beiden neben Frau Frummelmann konnte ich mir nicht als Mörderinnen vorstellen. Sie wirkten so schrecklich aufeinander eingespielt. Wäre die Jüngere fähig zu einem Mord, wäre die Ältere vermutlich schon lange unter der Erde.

Da kam schon eher die große Schlanke, die ganz nahe beim Sarg stand, als Täterin in Frage. Sie trug ein schwarzes Kostüm mit einem knallengen Bleistiftrock und einer auf Taille geschnittenen Jacke, dazu schwarze Pumps, deren Absätze als Waffen absolut durchgehen konnten. Am auffälligsten war ihre Lockenmähne, die über den halben Rücken hinabwallte. WOW - solche Haare, der Wahnsinn! Sie hielt sich sehr aufrecht und wirkte angespannt und energisch. Wie ein Panther, der zum Sprung ansetzt. Trotz der tollen Haare war sie mir sofort unsympathisch, aber einen Anhaltspunkt für einen Mordverdacht hatte ich natürlich nicht.

Jetzt wandte sie sich einer anderen zu, die schräg hinter ihr stand. Sie sagte etwas zu der anderen, worauf die leise wegtrat und in Richtung Ausgang eilte.

Irgendwo in einem Busch sah ich Goldie, die Aufnahmen mit dem iPhone schoss. Merlin saß mit wachsamem Blick dicht neben ihr.

In der Thuja hinter dem Loch kuschelten Maxi und Purzel. Sie grinsten schadenfroh. Also auch wenn Franz Frummelmann sie ermorden wollte, was wirklich schändlich ist, am Grab zu grinsen, das gehört sich nicht. Finde ich.

Ich schlich auf dem Ast, der mich den Kränzen und den Bändern mit den goldenen Namen näher brachte, weiter vor. Es half alles nichts, ich musste noch näher ran, sonst konnte ich einfach nicht lesen, was da drauf stand.

Noch ein Schritt - und es knackste. Im nächsten Moment flog ich durch die Luft und landete mitten in einem Kranz. Jetzt KONNTE ich lesen, was da drauf stand.

Auf dem weißen Band des Kranzes prangte in goldenen Buchstaben:

„Herzen, die sich lieben, sind niemals für ewig getrennt. Wir werden uns wiedersehen. Deine Becki."

5. Mai, abends

Ich hatte mich kaum aus dem Kranz herausgerappelt, da war auch Stefan schon da.

„Was machst du denn hier?", zischte er und packte mich unsanft auf seinen Arm. „Seid ihr alle verrückt geworden? Jetzt haben wir den Salat - da kommen sie schon!"

Tatsächlich rückte der Prediger im schwarzen Anzug gerade an, und mit ihm ein paar Männer, die machten ebenfalls den Eindruck, als würden sie keinen Spaß verstehen. Auf Unterstützung meiner Freundin Frau Frummelmann konnte ich nicht zählen. Die stand ganz gedankenvoll am Grab und sah aus, als würde alles, was um sie herum geschah, keine Rolle mehr spielen.

„Was machen Sie hier?" fragte der Prediger im schwarzen Anzug. „Das hier ist eine Beerdigung und keine Zirkusshow. Nehmen Sie Ihre Katze, verschwinden Sie!"

In dem Augenblick schaute Frau Frummelmann hoch. Sie guckte mich an, mit einem ganz traurigen Blick. Dann kramte sie in ihrer Handtasche nach einem Taschentuch und wischte sich umständlich die Augen. Die elegante

Dame neben ihr beugte sich zu ihr hinüber. Sie flüsterte ihr etwas zu. Frau Frummelmann nickte abwesend und ließ sich von ihr zu einer Bank führen, die ganz in der Nähe des Grabes stand.

„Ich kann nicht einfach weg“, wisperte ich Stefan zu, als er mich zum Ausgang trug. „Wir müssen erst noch Goldie, Merlin, Maxi und Purzel Bescheid sagen!“

„Was – die sind auch da? Oh, Mann, wenn Katzen Detektiv spielen: Die finden nix raus, aber eine Menge Blödsinn – das kriegen sie hin!“

Das war jetzt aber ungerecht. Die Infos über Sven Glarisch und die Hellwighsche Fabrik sowie die CNC Huber GmbH, die hatte er alle von uns. Er konnte wohl schlecht zum Goldkettchenmann spazieren oder zum Sparkassendirektor von Greuvenbuch und die fragen, was es Neues gab. Wir aber, wir hatten die Connections, wir wussten es.

Wir gingen rüber zur Thuja und sammelten Maxi und Purzel ein. Goldie preschte auch gerade um die Ecke, Merlin hinter ihr her.

„Ich fahr euch heim“, bot Stefan an. „Aber ihr müsst ein bisschen im Auto warten, weil ich noch kurz am Landungsplatz mit Sven Glarisch verabredet bin. Mal sehen, ob ich hinterher mehr weiß.“

Er platzierte uns alle auf dem Rücksitz und schnallte uns an, je ein Gurt für zwei Katzen. Merlin thronte gurtlos in der Mitte. Während wir in Richtung Stadtzentrum fuhren, versuchte Goldie, unsere Aufmerksamkeit zu erregen, ohne dass Stefan es mitbekam. „Ich habe den Kranz fotografiert“, wisperte sie. „Wie kann sie nur so etwas machen!“

Stefan hatte offenbar gute Ohren und verstand Kätzisch selbst dann, wenn er nicht gut drauf war. Er bremste abrupt. „Was für einen Kranz, und wer hat was gemacht?“, fragte er, und in seiner Stimme schwang absolut nichts außer Ärger. „Zeig mal das Foto!“

Goldie fauchte, biss und kratzte, als er ihr das iPhone abnahm, aber im Auto konnte sie nicht damit davonrennen. Es dauerte nur ganz kurz, bis er das Bild auf dem Display hatte. „Das darf jetzt aber nicht wahr sein!“, sagte er wütend.

„Sven Glarisch kann warten, wir haben jetzt erst mal was Wichtigeres zu klären.“

Er startete den Motor wieder, und als er Gas gab, jaulte das Auto auf wie ein verwundetes Tier.

Er stellte seinen Wagen gar nicht erst in die Garageneinfahrt, wie er es sonst immer tut, sondern parkte direkt am Gehsteig. Unsanft bugsierte er uns aus dem Auto und rannte die Stufen zur Eingangstür hoch. Er klingelte, als wäre die Mafia hinter ihm her.

Wir hörten Schritte auf der Treppe, dann öffnete Rebekka verschlafen die Tür. „Ach, ihr seid es“, lächelte sie. „Komm rein, Bärchen, ich setz uns gleich Kaffee auf. Und ihr, ihr Racker, ihr bekommt sofort etwas Feines zum Schlabbern.“

„Ich möchte dir nur noch kurz ein Foto zeigen, Rebekka!“ sagte Stefan und entriss Goldie das iPhone, das die wieder an sich genommen hatte.

Er zeigte dem Frauchen das Foto auf dem Display. Da war ein Kranz mit einer weißen Schleife drauf, und das Foto war so scharf, dass man auch im kleinen Display des Mobilgeräts deutlich lesen konnte: „Herzen, die sich lieben, sind niemals für ewig getrennt. Wir werden uns wiedersehen. Deine Becki.“

„Das war’s dann!“ sagte Stefan, drehte sich um und lief die Treppe hinunter. Das Gebrüll seines malträtierten Motors hörten wir noch mehrere Straßen weit.

6. Mai, gegen Mittag

Was für ein bescheuerter Tag! Ich hätte gleich auf Frauchens Kissen liegen bleiben sollen und warten, bis er endlich vorbei ist!

Die halbe Nacht konnten wir nicht schlafen, weil Frauchen ständig in ihre Bettdecke schniefte.

Natürlich stand auch unser Frühstück nicht termingerecht bereit. Außerdem regnet es, und Kater Felix lässt sich nirgends blicken. Der sitzt wahrscheinlich zu Hause auf seinem Kissen im Wohnzimmer und döst vor sich hin, während ich mich voll Sehnsucht nach ihm verzehre (diesen schönen Ausdruck habe ich in einem Roman aus Frauchens Bibliothek gelesen, klingt das nicht romantisch?).

Um halb elf stand Frauchen dann endlich auf und schlappte in die Küche, um uns und sich – in dieser Reihenfolge – Frühstück zu machen. Ich hatte einen Bärenhunger, Frauchen aber nahm nur einen Bissen von ihrem Brot, dann schob sie den Teller mit einem angeekelten Blick wieder weg.

Goldie und Merlin schlichen um ihre Futternäpfe herum und schnüffelten an den leckeren Fleischbröckchen mit Soße. Sonst stürzen sie sich immer gierig darauf. Schließlich maunzten sie ganz leise miteinander. Dann trabten sie hintereinander die Treppe hinunter und verschwanden durch die Katzenklappe. Vorhin sind sie wieder aufgetaucht. Um zu sehen, ob wir noch leben, sagten sie.

„Wieso das denn?“, wollte ich wissen.

„Naja, wenn Frauchen jetzt doch die Mörderin von dem autoritären Knochen ist...“, maunzte Merlin.

Ich schnappte nach Luft.

„So ein Quatsch!“, regte ich mich auf. „Zur Tatzeit hat Frauchen ‚Tatort‘ geguckt, und wir alle saßen mit auf der Couch. Ich kuschelte auf ihrem Schoß, ich weiß also ganz genau, dass sie da nicht beim Frummel war. Also hat sie ihn auch nicht vergiftet.“

„Selbst wenn sie dieses Ekelpaket vergiftet hat, dann vergiftet sie doch noch lange nicht uns!“, ergänzte Maxi empört. „Ihr seid ja wohl bescheuert!“

„Außerdem“, fügte Purzel gelassen hinzu „außerdem könntet Ihr noch überhaupt nichts bemerken, wenn ihr eine Stunde nach dem Frühstück wieder auftaucht. Denn das Gift war doch Methanol, und Methanol wirkt erst nach mehreren Stunden. Frühestens.“

Ich sprang auf Frauchens Bett und machte es mir zwischen den Kissen bequem. Percy kletterte auf seinen Kratzbaum. Goldie und Merlin berieten sich leise in einer Ecke zwischen Kleiderschrank und Wand, und Maxi scharrte im Katzenklo.

Da begriff ich auf einmal, was Purzel gerade gesagt hatte.

„WAAASS?“ schrie ich und sprang so abrupt aus meinem Kissenhaufen, dass die Kissen rechts und links davonflogen. „WAAASSSS? – Dann war die Tatzeit gar nicht am Abend, als wir zusammen fernsahen, dann war das genau die Zeit, als sie unterwegs war!“

6. Mai, kurz nach 15 Uhr

Gerade eben wurde ein großer Blumenstrauß für mein Frauchen abgegeben. Der Sohn des Gärtners von der Gärtnerei „Blumenmeer“ streckte Ihr fünfzig gelbe Rosen entgegen. Ein Kärtchen war dabei, da stand in großen Buchstaben „Danke“ darauf.

Sonst nichts.

7. Mai

Vorhin begleitete ich mein Frauchen zum Bäcker. Da duftet es immer so gut.

Das Gerücht, Rebekka sei die Mörderin von Franz Frummelmann, hatte anscheinend schon die Runde gemacht; denn als wir den Laden betraten, verstummten alle und schauten sie so komisch an. Schließlich sagte das Frauchen vom Felix, das auch in der Schlange stand (leider ohne Felix): „Ich hab‘ ihn ja auch gekannt, den Herrn Frummelmann. Als der noch hier wohnte, hat er immer über den Zaun geschimpft, dass wir nicht genug Unkraut jäten und er dann lauter Löwenzahn im Garten hat. Also, ich kann Sie gut verstehen. Wenn Sie im Gefängnis sind, komm‘ ich Sie auch mal besuchen.“

Dann kaufte sie fünf Liebesknochen, und in einen biss sie gleich hinein.

Kapitel 5: „Insolvent – und trotzdem höchst präsent“

7. Mai, 23:15 Uhr

Zum ersten Mal seit ihrer Verhaftung ging Frauchen heute Abend aus. Dass es kein Date werden würde, sahen wir gleich daran, wie sie sich anzog: Einen grauen Business-Hosenanzug und dazu ein weinrotes Shirt mit ein bisschen Spitze am Ausschnitt. Schwarze Pumps, schwarze Tasche, dezente Ohrstecker - so geht man nicht zum Rendezvous.

Schade.

Wir hatten schon - nicht ganz uneigennützig - gehofft, dass sie sich wieder mit dem Leckerli-Mann versöhnt.

Ich finde ja, eine Dame sollte abends nicht ohne Begleitung ausgehen. Vielleicht bin ich da ein bisschen konservativ. Aber ich möchte einfach, dass meinem Frauchen nichts Schlimmes passiert, und die Welt da draußen ist voller Bösewichte, schlechter Berater und Giftmörder.

Also packte ich kurzentschlossen das iPhone, klickte es ins Halsband ein, während sie in ihren beigen Sommermantel schlüpfte und sauste hinter ihr aus der Tür. Als sie ins Auto stieg, da wuschte ich graziös an ihren Füßen vorbei und versteckte mich im Fußraum des Beifahrersitzes, aber vermutlich hat sie das überhaupt nicht gemerkt.

Wir hielten auf einem großen Parkplatz. Ich beeilte mich, hinter ihr aus dem Wagen zu schlüpfen. Wäre ja wohl megapeinlich, wenn ich sie begleiten will, und dann bin ich den ganzen Abend im Auto eingesperrt, weil ich zu langsam war!

Frauchen überquerte den Parkplatz. Ich folgte ihr unauffällig. Andere Leute, sogar ziemlich viele Leute, strebten ebenfalls über den Parkplatz hin zu einem großen Haus.

Es ging ein paar Stufen hoch zum Eingang. Frauchen drückte die Tür auf. Bevor ich's geschafft hatte, ebenfalls hinein zu schlüpfen, fiel die wieder zu. Also musste ich auf den Nächsten warten. So, da wurde die Tür schon wieder geöffnet – nichts wie rein jetzt!

Gerade vor uns stand eine große Stellwand im Weg, ich musste abrupt bremsen. Rechts davon gab es einen geschwungenen Counter, aber der war jetzt am Abend nicht besetzt. Die Leute gingen alle nach links.

Ich versteckte mich unter dem großen ficus benjamini, der direkt neben der Eingangstür stand und schaute, was da so alles an der Stellwand angepinnt war. Vielleicht war etwas dabei, das für unsere Ermittlungen von Nutzen sein konnte! Aber es wurden nur langweilige Vorträge angekündigt.

Also folgte ich den anthrazitbehosten Beinen eines Mannes und landete in einem großen Saal. Mit einem Blick hatte ich festgestellt, dass der Platz hinter einem der dicken Vorhänge ziemlich weit vorn wohl das beste Versteck war.

Von dort aus konnte ich den Saal überblicken und bekam alles mit, was auf der Bühne passierte. Ich kenne mich da nämlich aus – ein leerer Platz ganz vorne, das ist eine Bühne, und wenn das Stück beginnt, dann kommen die Schauspieler dorthin und spielen ihre Rollen.

Es gab ziemlich viel Unruhe hier. Männer und Frauen trugen Stapel mit Stühlen herein und bauten die in Reihen auf. Auch in der Mitte und an den beiden Seiten außen wurde noch bestuhlt (so sagt Ihr Menschen doch dazu?).

Mein Frauchen entdeckte ich in der siebten Reihe, auf der linken Seite.

Ganz vorne in der Mitte stand so ein hoher Tisch, dessen Tischplatte auch noch schräg war. Ein Gestänge ragte aus dem Tisch, das hatte ganz oben eine schwarze Kugel. Etwa drei Meter hinter dem Tisch war die Wand, und an der Wand war eine weiße Folie heruntergelassen. Auf einem Teil der weißen Folie war ein Zeichen abgebildet, das leicht flimmerte. Mein Frauchen nennt so was Logo, das ist wohl etwas Ähnliches wie dieses Dreieck am Revers der Männer bei der Beerdigung.

Unter dem Logo stand in großen Buchstaben:
Willkommen zum Vortrag von
Claudette Hellwigh
Geschäftsführerin der Frummelmann-Hellwigh Lifestyle
Insolvent – und trotzdem höchst präsent

Nun guck einer an. Dann hatte dieser Abend ja doch etwas mit unseren Ermittlungen zu tun. Auf meine Spürnase kann ich mich eben verlassen.

Ich klickte das Handy vom Halsband und machte schnell ein Foto für unsere Ermittlungsakte.

„Meine Damen und meine Herren!“ Die trainierte Stimme eines Mannes, der währenddessen an den komischen Tisch getreten war, bewirkte, dass die Leute aufhörten zu reden. „Ich freue mich, dass Sie so zahlreich erschienen sind. Wir wussten ja, dass unser Thema und dass die charmante Referentin Sie interessieren würden – wir hatten über zweihundert Voranmeldungen. Aber mit dieser Resonanz hätten wir nun doch nicht gerechnet! Nun, die Hellwighsche Fabrik stand in den letzten Monaten im Zentrum des Interesses. Ein verzweifelter Kampf um das Fortbestehen von über 250 Arbeitsplätzen wurde verloren. Aber es geht weiter! Sie werden einen informativen und ermutigenden Vortrag erleben – begrüßen Sie mit mir Frau Claudette Hellwigh!“

Aus der ersten Reihe erhob sich eine Dame. Sie war mir schon bei der Beerdigung aufgefallen, es war die Pantherin mit den langen Locken. Sie stieg eine Stufe hoch auf die Bühne und schritt dann zu diesem komischen Tisch.

Auch heute trug sie ein schwarzes Kostüm, das sehr sexy aussah und um den Po herum sehr eng war, dazu eine leuchtendfarbene Bluse. Wir Katzen nehmen diesen intensiven Farbton als knalliges Gelb wahr, ich glaube, für Euch Menschen ist das rot. Ihre knallgelbe - beziehungsweise rote - Lockenmähne wallte über den halben Rücken. Auch der Lippenstift war knallrot (in Menschen-Wahrnehmung übersetzt). Rote High Heels vervollständigten das Bild.

Frau Hellwigh schritt also zu dem komischen Tisch mit dem Gestänge. Dann nahm sie das Gestänge aus der Halterung und hielt es an ihre Lippen. Ich dachte einen Moment lang, sie wolle es küssen. Aber sie fing zu reden an, und man hörte, was sie sagte, bis zu mir hinter meinem dicken Vorhang, als stünde sie direkt neben mir.

„Meine Damen und Herren, vor Ihnen steht eine Frau, die Ihr Ziel nicht erreicht hat. Noch nicht. Diesmal nicht. Mein Ziel war es, die Hellwighsche Fabrik in die Zukunft zu führen, aber nächsten Monat werden die Gebäude versteigert, die Mitarbeiter mussten wir nach Hause schicken. Vor Ihnen steht aber auch eine Frau, die nicht aufgibt und mit Dynamik und Vision ins Morgen schreitet - insolvent, und trotzdem höchst präsent. Guten Abend, meine Damen und Herren, rechnen Sie heute Abend mit Impulsen, die Ihnen den Atem rauben werden."

Der ganze Saal klatschte.

Ich nicht. Zum einen tun Katzen so etwas nicht und zum zweiten krieg' ich Ausschlag, wenn jemand schwafelt. Das unterscheidet mich von den allermeisten Menschen.

Frau Hellwigh schritt auf der Bühne nach links, dann wieder nach rechts. Wie eine Pantherin, die ihr Territorium abschreitet. Dann blieb sie stehen und lächelte ins Publikum, bis sich alle wieder beruhigt hatten.

„Es war eine schwere Zeit für uns alle", fing sie an. „Wir kämpften wie die Löwen um die Existenz unseres Unternehmens, das seit über hundert Jahren alle Höhen und Tiefen erfolgreich gemeistert hatte. Wir - das waren meine Mitarbeiter und ich. Von der Führungskraft bis zum Azubi – alle zogen an einem Strang. Ein Applaus für diese tapferen Menschen, denen selbst in schwersten Herausforderungen die Vision nie verloren ging!"

Der Saal applaudierte.

„Danke", sagte Frau Hellwigh gerührt und hob die rechte Hand. „Danke auch im Namen all der Menschen, für die Hellwigh nicht nur ein Arbeitsplatz war, sondern ein Lebenskonzept. ‚Der Mensch steht im Mittelpunkt' – das war die Philosophie von Hellwigh. Und das bezog sich nicht nur auf unsere Kunden, das bezog sich selbstverständlich auch auf unsere Mitarbeiter.

‚Der Mensch steht im Mittelpunkt' – ja, aber dieses Mal hat uns der Markt leider nicht Recht gegeben. Wir wurden geschlagen, wir wurden verwundet, wir wurden zerstört. Heute weiß ich, warum. Ich bin wieder aufgestanden, ich habe daraus gelernt, ich mache es jetzt anders. Der Versager bleibt liegen, wenn ihn das Schicksal zu Boden wirft, der Sieger steht auf, rückt seine Krone zurecht und macht es in Zukunft besser."

Der Saal applaudierte.

Claudette Hellwigh lächelte in die Menge.

Erst als das Publikum sich wieder beruhigt hatte, fuhr sie fort.

„Die Wirtschaftskrise setzte uns schwer zu. Wir haben gesiegt.

Aber unsere Reserven waren aufgezehrt.

Als wir dann noch einen wichtigen Kunden verloren, da sah es sehr schlecht aus um die Hellwighsche Fabrik.

Viele von Ihnen kennen den legendären Franz Frummelmann. Entgegen dem Rat meines Managements engagierte ich diesen Mann, der schon für andere Unternehmen der Branche wahre Wunder geleistet hat. Er sollte die Hellwighsche Fabrik wieder in die Erfolgszone bringen. Ich gebe es zu – über seine Vorschläge war ich am Anfang entsetzt. Hätte ich gleich damals und nicht erst dann, als es schon zu spät war, seine Visionen umgesetzt, wer weiß – wahrscheinlich würde die Hellwighsche Fabrik inzwischen wieder florieren. Vielleicht würde ich dann heute vor Ihnen stehen und Ihnen erklären, wie man seinen Umsatz in zwei Jahren verdoppelt. Aber all dies ist Spekulation – kehren wir zurück in die Realität.

Was uns gerettet hätte, das wäre Ordnung gewesen. Es gibt eine natürliche Ordnung der Dinge, und ein Unternehmen muss nach dieser Ordnung aufgestellt sein, um langfristig zu funktionieren. Diese Ordnung ist hierarchisch. Quertreiber, Mitdenker und Besserwisser haben da keinen Platz. Wir hätten alle Mitarbeiter, die sich gegen die Unternehmensstrategie Frummelmanns stellten, von der Führungsspitze bis zum einfachsten Hilfsarbeiter, sofort entlassen müssen. Dann hätten wir eine echte Chance gehabt. Wir brauchen – und da stimmen die modernen Konzepte mit ihrer Mitarbeiterbeteiligung und all dem sentimentalen Zeug einfach nicht – wir brauchen klare Hierarchien. Jeder muss wissen, wo sein Platz ist und diesen Platz ausfüllen, als gälte es sein Leben. Wir hatten Leute im Unternehmen, die das absolut nicht verstanden, obwohl es so einfach ist. Wir hatten Leute im Unternehmen, die wussten sogar besser als die Geschäftsführung, wie die Abläufe zu organisieren wären, die verlangten mehr Entscheidungsfreiheit, die wollten immer mehr, mehr, mehr!

Aber so geht das nicht. Diese liberale Firmenpolitik hat schon manches Unternehmen in den Ruin getrieben. Ein Unternehmen ist wie ein Körper. Können Sie sich vorstellen, dass Ihre Hand plötzlich naseweis Verbesserungsvorschläge macht? Können Sie sich vorstellen, dass Ihr großer Zeh auf einmal tut, was ER für richtig hält?

Bei Hellwigh gab es Männer und Frauen, einzelne nur, aber die zum Teil in Entscheider-Positionen im Management, die vertraten solch liberale Ideen. Mein Vater hatte diese Leute eingestellt, mein Vater liebäugelte selbst mit diesem Zeitgeist und – er erzog mich dazu, es ebenfalls zu tun.

So dauerte es Monate, bis Frummelmann mich von der Richtigkeit eines Konzepts überzeugt hatte, das sich durch die Jahrtausende bewährt hat, dem Konzept von Ordnung und Autorität. Ich muss es Ihnen gestehen: Ich hatte einfach Bedenken, seinem Rat zu folgen. In einer Krisensituation reihenweise Führungskräfte entlassen, das klingt völlig verrückt. Das erschien mir viel zu gewagt. Am Anfang fühlte ich mich von seinen ‚drei Stufen zum Spitzen-Erfolg' sogar abgestoßen. Gleichermaßen fasziniert und abgestoßen. Jawohl. Von acht Führungskräften hätte ich fünf entlassen müssen, von sieben Meistern einen, dazu den Vertriebsleiter und die Marketingleiterin. Oft sind die Werte, die uns von Klein an eingetrichtert wurden, schuld daran, wenn wir es nicht zum Spitzen-Erfolg schaffen. Dann heißt es: Diese Glaubenssätze, die sich tief in unser Hirn eingebrannt haben, radikal ausmerzen und sie kompromisslos durch solche ersetzen, die eines Erfolgsmenschen würdig sind. Es dauerte lange, ja: viel zu lange, bis ich das wagte.

Aber dann eskalierte die Situation, und da endlich habe ich das einzig Richtige getan: Alle Besserwisser entließ ich auf einen Schlag. Hellwigh stand ab diesem Moment da wie EIN Mann. Alle Mitarbeiter zogen an einem Strang. Wir hätten gesiegt, wenn ich mich zu diesem Schritt ein paar Monate früher entschlossen hätte.

Heute stehe ich vor den Trümmern der Hellwighschen Fabrik. Denn selbstverständlich schlägt es Wunden ins Fleisch eines Unternehmens, wenn langjährige Führungskräfte durch zwar firmentreue, aber noch unerfahrene Newcomer ersetzt werden. Ja, ich stehe vor den Trümmern dessen, was in vielen Jahrzehnten aufgebaut wurde.

Aber, meine Damen und Herren: Ich stehe!

Ich bin nicht liegengeblieben wie ein Verlierer, sondern als Siegerin wieder aufgestanden. Und hier stehe ich!“

Sie lächelte in die Menge, und der Applaus ließ nicht auf sich warten.

Sie schaute herausfordernd in die klatschende Menge und forderte sie auf: „Wer von Ihnen nicht liegenbleibt, wenn er versagt hat, der stehe jetzt auf. Wer von Ihnen für sein Unternehmen den Spitzen-Erfolg erreichen möchte, der stehe jetzt auf!“

Drei Männer in der ersten Reihe erhoben sich sofort. Frau Hellwigh wandte sich an die drei und applaudierte ihnen. „Sie sind die Männer von morgen. Ihnen sage ich heute schon: Ihre Unternehmen werden schon bald zur Weltklasse gehören. Machen Sie sich auf Großes gefasst. Ich gratuliere Ihnen! – Wer macht es diesen drei Unternehmern nach?“

Die Menschen standen auf, Reihe für Reihe standen sie auf und klatschten. Vorn auf der Bühne klatschte Frau Hellwigh.

Als alle standen, wischte sie sich gerührt eine Träne aus dem Augenwinkel und sagte: „Meine Damen und Herren, ich bin beeindruckt. Noch nirgends, wo ich diesen Vortrag hielt, waren die Menschen so entschlossen zum Erfolg, wie Sie es sind. Diese Region kann Großes erwarten. Menschen wie Sie – die braucht unser Land!"

Nachdem sie die ganzen Spitzen-Erfolgler aufgefordert hatte, sich wieder zu setzen, fuhr sie mit ihrer Rede fort:

„Heute bin ich dabei, das umzusetzen, was Franz Frummelmann uns als Vision vorgegeben hat. Ich bin dabei, ein Power-Unternehmen aufzubauen – die Frummelmann-Hellwigh Lifestyle.

Der Gedanke dahinter ist ganz einfach: Die Grundprinzipien von Ordnung – neu denken – Autorität machen ja nicht vor den Firmentoren halt. Mitarbeiter, die diese Prinzipien im Unternehmen, nicht aber in ihrem Privatleben anwenden, sind nur die Hälfte wert. Wer dagegen mit Frummelmanns Erfolgsschlüsseln lebt, an der Maschine, im Büro, aber auch bei der Kindererziehung, in der Partnerschaft, in Hobby und Freizeit, der zieht den Erfolg in allen Bereichen seines Lebens an. Und das ist es doch, was wir uns alle wünschen, nicht wahr?

Die sieben Erfolgsgeheimnisse, die wir in der Frummelmann-Hellwigh Lifestyle bereits mit überwältigendem Ergebnis umsetzen, möchte ich Ihnen nun mit Powerpoint-Unterstützung enthüllen. Die „drei Stufen zum Spitzen-Erfolg" sind übrigens das Thema meines geschätzten Kollegen Marc Stiefelhauser nächsten Dienstag bei einer Veranstaltung in unseren Geschäftsräumen. Wenn Sie sich um eine Einladung bewerben möchten, sprechen Sie mich bitte an. Aber jetzt: Sie sind bereit, erfolgreich zu sein! Sie sind bereit, aufzustehen und ein Sieger zu sein! Das haben Sie gerade bewiesen. Ihnen verrate ich die sieben Geheimnisse des Erfolgs. – Könnten Sie bitte die Vorhänge schließen? Danke!"

Na, klasse! Noch bevor ich mich an einen weniger gefährdeten Platz verdrücken konnte, trat mir ein Vorhang-Schließer auf den Schwanz, und ich jaulte auf.

„Eine Katze!" schrie einer.

„Wie kommt denn diese Katze hier rein?"

„Tut das Viech weg, ich habe eine Katzenallergie!“

„Raus mit dem hässlichen Tier!“

Ich soll ein hässliches Tier sein? Also Leute, Ihr könnt viel über mich sagen – dass ich graziös springen kann, dass ich intelligent bin, von mir aus auch, dass ich höchst präsent bin und Visionen habe, wenn Euch an so etwas so viel liegt – aber hässlich bin ich keineswegs!

Mit hocherhobenem Schwanz stolzierte ich aus dem Vortragsraum.

Wo sollte ich hin? Natürlich zu unserem Auto. Ich versuchte, mich zu orientieren – es dauerte auch gar nicht lange, da hatte ich es gefunden.

Naja, jetzt musste ich eben warten, bis die sexy Frau Hellwigh ihre sieben Geheimnisse öffentlich gemacht hatte. Es wäre wirklich nett vom verstorbenen Herrn Frummelmann gewesen, wenn er ihr nur vier Geheimnisse hinterlassen hätte, oder besser: nur zwei, denn so konnte das eine längere Angelegenheit werden.

Immerhin konnte ich mir in der Zwischenzeit den ersten Teil des Vortrags nochmals anhören. Den hatte ich nämlich aufgenommen. Goldie und ich haben so ein kleines Mikro bestellt, das steckt man in die Lautsprecherbuchse des iPhones. Dann kann man auch Stimmen aufnehmen, die weiter entfernt sind.

Ich kroch also unters Auto, friemelte das Mikro ab und öffnete die App. Danach aktivierte ich den Play-Button.

„Meine Damen und Herren, vor Ihnen steht eine Frau, die Ihr Ziel nicht erreicht hat. Noch nicht. Diesmal nicht.“ klang es aus dem iPhone. Es knisterte ziemlich, und leider war auch jedes Rascheln und Stühlerücken der Zuhörer zu hören. Aber immerhin.

„Vor Ihnen steht aber auch eine Frau, die nicht aufgibt und mit Dynamik und Vision ins Morgen schreitet – insolvent, und trotzdem höchst präsent.“

Schritte näherten sich, blieben bei unserem Auto stehen. Schnell maunzte ich den Befehl für „Stop“, damit das Ding aufhörte zu quasseln. Im nächsten Moment ging die Person am Auto in die Hocke, guckte drunter, und ich sah direkt in die Augen meines Frauchens. Ich lief zu ihr hin und drückte mein

Köpfchen an ihren Kopf. Da war ich aber froh, dass sie da war! Sie nahm mich in den Arm und rappelte sich wieder hoch. Ich schmiegte mich an sie, und sie streichelte mich und flüsterte: „Du bist die schönste und liebste Katze der Welt, Coco, ich meine natürlich: eine von den sechs schönsten und liebsten Katzen der Welt." „Es sind sieben", flüsterte ich zurück." Kater Felix ist der allerschönste, den darf man nicht vergessen."

Sie schaute mich an und streichelte mich nur. Am Bäuchlein, da wo ich es am allerliebsten habe.

Da dachte ich wieder daran, dass sie Kätzisch ja nur versteht, wenn sie entspannt und glücklich ist. Und entspannt und glücklich war sie schon lange nicht mehr. Genaugenommen seit dem ersten Auftauchen der beiden Ermittler, seitdem war sie angespannt und unglücklich. Was ja kein Wunder war.

Wo war das verdammte Ding?

Ich sprang aus ihren Armen und krabbelte unter das Auto. Kurz darauf kam ich mit dem iPhone zurück. Ich maunzte ins iPhone, und was ich maunzte, erschien als Text in der App. Was waren wir blöd gewesen! Wir brauchten kein zusätzliches Tool von FreeKAY Schulze. Es war doch völlig egal, ob unser Mensch das, was wir sagten, auf Menschisch hörte oder ob er es las!

Ich zeigte dem Frauchen das Display und darauf stand:

„Ich habe dich sehr lieb. Sogar dann, wenn du das Ekelpaket umgebracht hast. Aber weil wir eigentlich eher glauben, dass du es nicht warst, deshalb suchen wir den Mörder. Dein Schlafzimmer ist unsere Einsatz-Zentrale. Goldie macht auch mit. Merlin und Percy ebenfalls. Und sogar Maxi und Purzel sind mit dabei. Mein Herzensschatz Kater Felix liefert wichtige Informationen. Also mach dir keine Sorgen, Frauchen! Wir schaffen das."

Frauchen las es, starrte mich an, und dann drückte und küsste sie mich – also, sie schmust ja gern mit uns, aber so hatte sie mich noch nie gedrückt und geküsst!

8. Mai, 01:55 Uhr

Bis gerade eben hatten wir Ermittler-Besprechung.
Es war diesmal viel gemütlicher als sonst!

Natürlich fand das Meeting wieder in Frauchens Bett statt. Aber diesmal saß Frauchen mittendrin und spendierte eine Runde Katzenkekse. Netterweise verzichtete sie selbst darauf und begnügte sich mit einem Glas Rotwein. So blieb mehr für uns.

Wir berichteten ihr mit Hilfe unserer FreeKAY-App, was wir bisher gemacht und herausgefunden hatten. Darüber, dass ich in der Wohnung von Herrn und Frau Frummelmann nach Spuren gesucht hatte, war sie ziemlich entsetzt. „Dass Du da nicht verhungert und verdurstet bist, hast Du im Grunde nur der Gundula Frummeldingens zu verdanken, weil die illegal dort eingedrungen ist.“ sagte sie erschrocken. Sie ist übrigens sehr misstrauisch gegenüber meiner neuen Freundin Gundula, aber ich glaube, das hat mit Eifersucht zu tun: Immerhin hat ihr Mann sie mit Gundula betrogen, und jetzt schwärmt auch noch eine ihrer sechs Lieblingskatzen von der Nebenbuhlerin!

Apropos sechs Lieblingskatzen: Natürlich nahm auch mein Felix-Schatz an der Besprechung teil. Er kuschelte so lieb mit mir auf der Bettdecke, dass ich mich zeitweise gar nicht mehr auf die Ermittlungen konzentrieren konnte. Wir haben Felix einstimmig zum externen Co-Detektiv ernannt, und darüber hat er sich so gefreut, dass er sofort begann, meinem Frauchen die Nase zu schlecken.

Es war schon nach Mitternacht, als unsere Projekt-Planungsphase begann. Wir werden jetzt nämlich systematisch ermitteln. Mein Frauchen hat schon umfangreiche Fotografie-Projekte durchgeführt, die kennt sich in Projektplanung aus. Goldie war gleich Feuer und Flamme.

Also erstens: Das Frauchen hat mit der Marketing-Frau der Hellwighschen Fabrik zusammen mal ein ganz cooles Projekt mit innovativen Fotos für Hellwigh gemacht. Aha.

Sie will sich also mit der Marketing-Frau treffen. Denn jeder der von Claudette Hellwigh gefeuerten Führungskräfte könnte theoretisch der Mörder sein. Wir müssen da Licht ins Dunkel bringen, sagte Frauchen und knipste die Nachttischlampe an.

„Wenn wir schon Licht ins Dunkel bringen", maunzte Kater Merlin lauthals und streckte sich zu voller Größe, „dann sollten wir aber auch ein Auge auf Frau Hellwigh selber haben."

„Glaub ich nicht", konterte Rebekka. „Ihr hättet sie heute Abend sehen sollen. Sie ist Feuer und Flamme für das Frummelmannsche Unternehmenskonzept."

„Das ihre Firma ruiniert hat", ergänzte Percy trocken.

Goldie verfasste eine Notiz. Anschließend machte sie sich über die momentan unbewachte Tüte mit Leckerlis her, ich habe es genau gesehen, weil ich mich ebenfalls gerade anpirschte.

Felix wird uns berichten, sobald er neue Informationen von seinem Herrchen Sparkassendirektor von Greuvenbuch aufschnappt.

Percy wird morgen ins Polizeirevier gehen und sehen, wie weit Goldkettchen & friends mit ihrer Arbeit gekommen sind. Dass bei diesem Vorschlag Merlin, Goldie, Felix und sogar das Frauchen in lautes Gelächter ausbrachen, finde ich ein bisschen unfair.

Denn eigentlich mag ich Goldkettchen.

Goldie und Merlin recherchieren im Internet alles, was sie über diese Psychosekte mit dem Dreieck-Logo finden, in der Franz Frummelmann offenbar eine wichtige Rolle spielte. Zusätzlich werden sie sämtliche Informationen zusammenstellen, die sie über Claudette Hellwigh und über die Hellwighsche Fabrik ausfindig machen können.

Ich darf mich morgen ausruhen, weil ich mit so viel Einsatz ermittelt habe (heißt wohl: Es war sehr anstrengend und sehr gefährlich), bin aber ab übermorgen wieder an herausragender Stelle in die Nachforschungen eingebunden.

Nur die beiden älteren Damen, die können sich's gemütlich machen, Katzenkekse knabbern und nachdenken, wenn sie Lust auf Nachdenken haben.

Okay, machen wir. Es geht voran, ich geh jetzt schlafen.

Kapitel 6: Die Frau am Grab

8. Mai, 15:23 Uhr

Ist mir langweilig!

Frauchen ist soeben los und trifft sich mit der Marketing-Frau. Die ist jetzt ja arbeitslos und hatte sofort Zeit, als Rebekka sie heute Vormittag anrief und ein Treffen vereinbarte. Goldie und Merlin tun fürchterlich wichtig mit ihren Recherchen, und zwischendrein lecken sie einander das Fell. Es ist nicht witzig, einem Liebespaar zuschauen zu müssen, wenn der eigene Liebste in Sachen Mordaufklärung unterwegs ist und man in der Seele und im Unterleib so eine Sehnsucht hat!

Also bin ich zu Maxi und Purzel rüber. Die saßen aneinandergekuschelt im Korbsessel in Frauchens Büro. Ins Büro dürfen sie nämlich nicht rein, wenn Frauchen dort arbeitet, weil Maxi einmal mit allen Notizen, die Frauchen auf dem Schreibtisch liegen hatte, Fangen gespielt hat. Ich sprang auf den Korbsessel und wollte ihnen, wie eine höfliche Katze es gerne tut, ein wenig Gesellschaft leisten. Das sonnengelbe Kissen mag ich besonders. Da lag Purzel drauf. Aber das sollte ein lösbares Problem sein, dachte ich und drückte mich auf das Kissen, so dass sie eigentlich hätte rutschen und mir ein wenig Platz machen müssen. Tat sie aber nicht. Sie fauchte mich sogar an! Ich dachte ja früher mal, im Alter würden die Leute gelassener, aber das stimmt nicht. Sie gönnen einem nicht mal ein sonnengelbes Kissen.

Also verzog ich mich in den Karton, in dem gestern der neue Drucker angeliefert worden war. Glücklicherweise hatte der Versender den Drucker durch Styroporschnipsel gut geschützt. Vielleicht weiß der ja, dass Rebekka Sommerthal Katzen hat, die Styroporschnipsel lieben. Möglicherweise steht das sogar in seiner Kundendatei.

Ich also rein in den Karton und mit Styroporschnipseln nach den beiden alten Damen gezielt.

Zunächst guckten sie recht verschlafen. Als ich nicht aufhörte, da fauchten sie, schließlich aber verzogen sie sich und suchten sich eine Ecke, in der sie nicht beschossen wurden.

Elegant sprang ich auf den Korbsessel und kuschelte mich aufs sonnengelbe Kissen. Das war genau MEIN Platz. Man konnte hier sogar in den Garten sehen und aufs Nachbargrundstück, wo Kater Felix gerade seinen eigenen Schwanz jagte.

Na also. Geht doch.

Percy ist auf dem Polizeirevier, Felix jagt seinen Schwanz. Die beiden alten Damen sind beleidigt.

Keiner will mit mir spielen!

Ich will doch gar nicht ausruhen! Es war spannend gestern, bei dem Vortrag von Claudette Hellwigh. Es war spannend grade eben, den Korbsessel zu erobern. Und es war besonders spannend, diese weiße Frummelmann-Tatort-Wohnung zu durchforsten. Ich finde, da zeigte ich in besonderer Weise, was in mir steckt: Ich bewahre einen kühlen Kopf und habe keine Angst, selbst wenn die Situation fast aussichtslos ist. Aber all dies war nicht so anstrengend, dass ich jetzt ausruhen müsste!

Ich beschloss, auf den Friedhof zu gehen. Vielleicht treffe ich da meine Freundin Gundula Frummelmann. Den Bus brauche ich diesmal nicht, sollen die zwei alten Damen doch wieder auf ihrem sonnengelben Kissen sitzen – Hauptsache, sie bleiben hier und nerven mich nicht. Wer steht schon auf weiche Kissen und Sonnengelb! Ich doch nicht, ich bin Coco, der weibliche James Bond auf vier Pfoten und eine zukünftige Bestsellerautorin noch dazu!

8. Mai, 18:02 Uhr

Meine Entscheidung, auf den Friedhof zu gehen, war goldrichtig. Zuerst legte ich mich mal zwischen all die Kränze und Rosen aufs Grab, aber das wurde mir schnell zu stupfelig. Also suchte ich mir ein Versteck am Fuß der Thujahecke.

Ich hatte mich gerade dort eingerichtet, da kam eine junge Frau. Ich kannte sie nicht, auf der Beerdigung hatte ich sie nicht gesehen. Sie trug ein schwarzes Kleid mit weißen Biesen, dazu weiße Pumps mit schwarzen Verzierungen. Außerdem trug sie einen großen Strauß weißer Rosen. Mit einer einzigen roten Rose dazwischen. Die Blumen legte sie aufs Grab. Dann stellte sie sich davor und begann etwas zu murmeln. Wahrscheinlich unterhielt sie sich mit dem toten Herrn Frummelmann.

Ich verließ mein Thuja-Versteck und schlich mich zwischen die Kränze. Wer weiß, was Menschen alles können! Vielleicht konnte sie wirklich mit dem quatschen, und er verriet ihr, wer ihn ermordet hatte. Dann wäre der Fall schnell geklärt.

Aber ganz so einfach war es dann doch nicht.

„Ich war so wütend auf dich!“ schniefte sie. „Du unglaubliches Ekel, wie ich dich hasse! Wir sind im Büro verabredet, und du stöhnst Dir in der Wohnung einen ab, bist du eigentlich noch zu retten? Hat SIE dich vergiftet? Geschieht dir recht! Und jetzt – bist du tot. Jetzt kannst du mich nicht mehr betrügen! Jetzt bist du tot, mausetot! Ich kann mir fast nicht vorstellen, dass du nie mehr zu mir kommst, dass du hier unter all diesen Kränzen liegst und von den Würmern aufgefressen wirst. Ach, mein Liebster, ich vermiss‘ dich so...“

Mein Liebster? Na, das wurde doch allmählich spannend! Ich klickte das iPhone vom Halsband, richtete mich in meinem Kranz-Versteck zwischen weißen Lilien und grünem Efeu kurz auf, schoss ein Foto und duckte mich wieder zwischen den Efeu.

Es wurde gleich noch spannender.

Denn jetzt kam meine Freundin Gundula Frummelmann den Weg zwischen den Gräbern entlang.

Sie starrte die andere Frau an und verzichtete sogar auf eine höfliche Begrüßung:

„Was machen Sie hier, Frau Beck?“, herrschte sie die Frau mit dem Biesenkleid an. Im nächsten Moment entdeckte sie die frischen Rosen auf dem Grab. Sie packte den Strauß und drückte sie der anderen in den Arm. „Ihr Gemüse können Sie gleich wieder mitnehmen, gehen Sie!“

„Was wollen SIE denn hier? Fassen Sie mich nicht an! Er hat nicht Ihnen gehört, sondern mir! Sie waren nicht im Geringsten in der Lage, einen so komplexen Mann wie ihn zu verstehen!“

„SIE verstehen nicht das Geringste, Frau Beck. Sie waren doch bloß eins von seinen Flittchen, mehr nicht. Lassen Sie mich jetzt allein mit meinem Mann. Gehen Sie!“

Die Jüngere schaute Frau Frummelmann so richtig herausfordernd an, taxierte sie von oben bis unten. Dann bückte sie sich, legte den Strauß ganz langsam wieder aufs Grab, grinste meiner Frau Frummelmann ins Gesicht, sagte: „SIE haben ja nur dieses Grab, das Ihnen von ihm geblieben ist, ICH hab‘ da schon ein bisschen mehr“ – und schlenderte davon.

Frau Frummelmann packte die Rosen, lief damit den Weg hinunter und kam kurz darauf ohne die Blumen wieder zurück. Sie setzte sich auf die Bank unter der Eiche. Jetzt fing SIE an zu murmeln. Murmeln eigentlich alle Leute vor sich hin, wenn sie auf den Friedhof gehen?

Ich schälte mich aus all dem Efeu heraus und spazierte zu ihr hinüber. Zunächst nahm sie mich gar nicht wahr. Ich drückte mein Köpfchen gegen ihr rechtes Bein und rieb es daran. Zwar war sie vorhin sehr wütend gewesen, wahrscheinlich war die Frau mit dem Biesenkleid einfach ein Biest. Wieso auch schenkte die dem toten Herrn Frummelmann Rosen? Aber jetzt war ihr Gesicht wieder ganz lieb und sanft, so wie ich sie in der weißen Wohnung kennengelernt hatte.

Erst einmal murmelte sie weiter, dann schließlich bemerkte sie mich.

„Ach, so ein süßes kleines Kätzchen", lächelte sie. „Was machst Du denn auf dem Friedhof? Mein Moritz, der sah fast genauso aus wie du, aber jetzt ist er im Katzenhimmel, weißt du. Ich glaub, da hat er's gut. Magst du was zu fressen, mein Kleiner?"

Hä? Das hatte sie doch schon mal zu mir gesagt. Wortwörtlich. Mir wurde ein wenig komisch.

Sie holte aus ihrer großen Handtasche ein Tuch, breitete es ordentlich auf ihrem Schoß aus, dann hob sie mich hoch und setzte mich darauf. Ganz sanft und liebevoll streichelte sie mich. „Was für ein wunderschönes, weiches Fell", murmelte sie. Da konnte ich ihr nur Recht geben.

„Ach, mein Kleiner, du tust mir jetzt richtig gut. Dass diese Beck es wagt, an sein Grab zu kommen, diese aufdringliche Person."

Frau Frummelmann seufzte.

„Weißt du, es war ja nicht einfach mit dem Franzi. Er war ein genialer Mann, und geniale Männer sind nie einfach. Und diese Anhänger von ihm, die tauchten irgendwann fast zu jeder Tages- und Nachtzeit auf, das ist sehr störend. Vor allem dann, wenn es sich um Anhängerinnen handelt. Denn ein Kostverächter, das war Franzi sicher nicht. Aber wir haben uns so geliebt! Ich weiß es noch wie heute, damals, als Franzi zum ersten Mal in die mayer electric GmbH kam, wo ich Chefsekretärin war. Er stieg aus seinem roten Porsche, ein kultivierter Herr mit grauen Schläfen, und ich habe mich sofort in ihn verliebt. Es war ein Donnerstagnachmittag. Nach dem Meeting gingen wir noch essen, mein Chef, er und ich. Was war das für ein schöner Abend! Gleich am Ende dieses Abends bat er meinen Chef, mir am Freitag frei zu geben; dann fuhren wir übers Wochenende nach Paris, oh – es war wunder-wunderschön!"

Sie lächelte und dann seufzte sie ein wenig.

„Wir tanzten am Seine-Ufer Tango, wir küssten uns leidenschaftlich. Als er mich auszog, da hatte ich Gänsehaut am ganzen Körper. Ganz oben auf dem Eiffelturm, da ging er vor mir auf die Knie und sagte, dass sein Herz immer, immer mir gehört. Nur mir. Von irgendwo zauberte er einen großen Strauß roter Rosen her, die legte er mir in die Arme. Und dann hatten wir Sex – ganz oben auf dem Eiffelturm, in einer lauen Sommernacht. Es war kurz vor Mitternacht, und wir waren ganz allein da oben, nur wir beide. Es war so romantisch, geradezu mystisch.

Weißt Du, es war ja nicht immer leicht. Er war noch verheiratet damals, seine Frau war sehr krank. Der Ärmste. Er war ein feiner Mensch, eine kranke Frau hätte er nie verlassen. Schon weil es gegen die Ordnung der Dinge ist. Meinen Geburtstag wollte er mit mir feiern, ich freute mich schon so darauf, dann musste er kurzfristig absagen, weil sie einen hysterischen Anfall hatte. Sie war nämlich nicht körperlich krank, sie war irre. Von jetzt auf gleich bekam sie Anfälle und wurde hysterisch. Eigentlich hätte man sie in eine Klinik einliefern müssen, aber das wollte er nicht. ‚Ich habe ihr versprochen, für sie da zu sein, in guten und in bösen Tagen, und dazu stehe ich', sagte er immer zu mir. Wenn sie einen Anfall hatte, dann sagte er mir ab, von einem Moment auf den anderen, weil er bei ihr bleiben musste. Er hat sich aufgeopfert für sie, sie aber dankte es ihm nie. Und Weihnachten, ach Moritz, es ist nicht so einfach, Weihnachten allein zu verbringen, wenn der Mann, den man liebt, gerade ein paar Kilometer weiter mit seiner Frau unter dem Christbaum sitzt.

Ach, was erzähl ich, Moritz, jetzt bin ich ins Plaudern gekommen.

Komm, wir gehen heim!"

Sie stand auf, ging zum Weihwasserbecken am Grab, spritzte ein wenig Wasser auf die Kränze oder auch auf ihren Franzi, ich weiß es nicht genau. Dann spazierte sie langsam zum Ausgang. Ich überlegte einen kurzen Moment, ob ich mitgehen sollte, sie ist ja so einsam und traurig, aber ich habe ja mein Frauchen. Außerdem bin ich Teil eines Ermittler-Teams.

Ein entscheidend wichtiger Teil des Ermittler-Teams, auch wenn ich heute Urlaub habe, um mich von den Strapazen meiner Aufgabe zu erholen!

8. Mai, 21:05 Uhr

Als ich durch die Katzenklappe schlüpfte, hörte ich Frauchen schon reden und lachen. Eine andere weibliche Stimme antwortete ihr. Die Geräusche kamen nicht aus dem Wohnzimmer, sondern aus dem Büro.

Eigentlich wollte ich in ihren Schoß kuscheln, wollte ihr von dieser eigenartigen Frau Beck erzählen.

WAS?

Diese eigenartige Frau Beck? Der Kranz, in den ich hineingeplumst bin? DEINE BECKI?

Ich rannte ins Schlafzimmer und berief sofort ein Meeting ein. Goldie und Merlin guckten mich an als würden sie denken: Was will die schon wieder, wie halten wir nur diese bekloppte Katze aus. Purzel und Maxi saßen sowieso schon auf dem Bett. Sie schauten nur einmal kurz auf, dann kuschelten sie sich wieder zusammen. Als ich mich zwischen sie setzen wollte, rückten sie keinen Millimeter. Ich glaube, sie trugen mir das mit dem sonnengelben Kissen immer noch nach. Aber ich habe da meinen Trick. Ich leckte Purzel mit voller Hingabe und mit ganzer Kraft. Am Anfang genoss sie es und begann zu schnurren. Bald aber wurde es ihr zu viel. Sie maunzte, ich solle aufhören, aber da fing ich erst richtig an. Ich leckte und schleckte an ihrem Fell herum. Sie wurde unruhig. Ich schleckte weiter. Sie fauchte. Ich leckte voller Inbrunst, sie sprang vom Bett. Ich weiß, dass das funktioniert, auf diese Weise habe ich mir schon ziemlich oft meinen Lieblingsplatz erobert.

Percy war inzwischen zurück, denn das Polizeirevier hatte Feierabend. Ich bestand darauf, auch unseren externen Co-Detektiv Kater Felix einzuladen. Denn ich hatte Sehnsucht nach ihm. Außerdem kann ein Kater, der in einem Meeting sitzt, schon nicht mehr auf dumme Gedanken kommen...

Vielleicht ist er nämlich doch ein Casanova...

Also sprang ich aufs Fensterbrett und maunzte, dass er es im Haus schräg gegenüber ganz sicher hören musste. Ich hätte mir aber die Lautstärke sparen können, denn im nächsten Moment sah ich ihn von unserer Hollywoodschaukel springen und in Richtung Katzenklappe spurten. Vielleicht ist er ja doch kein Casanova...

Erst als sie alle aufgereiht auf dem Bett saßen und Goldie den Tablet-Computer vor sich hatte, fürs Protokoll, erst dann begann ich.

Ich schaute feierlich in die Runde und maunzte: „Ich habe ein Foto für Euch. Ein wichtiges Foto. Ein Foto, das unserem Fall eine ganz neue Richtung geben könnte. Bitte schaut Euch einmal dieses Foto an."

Dann zeigte ich das iPhone mit der Aufnahme dieser Beck an Frummelmanns Grab.

Goldie guckte zuerst. Merlin warf seine Pfote um Goldies Hals und fing an, ihr Fell zu lecken, was sie kurz ablenkte.

„Sieht etwas fertig aus, das Mädelchen", seufzte Maxi mitleidig.

„Und etwas schwanger", ergänzte Purzel zu meiner Verwunderung.

„Das ist Frau Beck. Sie hat heute das Grab von Herrn Frummelmann besucht, ihm weiße Rosen geschenkt, und eine rote Rose war mittendrin im Strauß. Außerdem hat sie ihn ‚mein Liebster' genannt."

„Soll ja nicht verboten sein, jemanden ‚mein Liebster' zu nennen", murmelte Felix und grinste mich reichlich frech an. Ich bedachte ihn mit einem vernichtenden Blick. Meine Pointe ließ ich mir nicht nehmen, nicht einmal von ihm.

„Also, ich bin sicher, sie hat ihm nicht nur Rosen gebracht, sondern auch zur Beerdigung einen Kranz geschickt. Klingelt es nun endlich bei Euch???!!!"

„'Deine Becki'!!!", schrie Goldie, „ach, jetzt bin ich aber froh, dann war der blöde Kranz gar nicht vom Frauchen, und der Leckerli-Stefan kommt zurück!"

„Das müssen wir ihr sofort sagen!", kommandierte Merlin und hörte auf, an Goldie herum zu schlecken. „Wir gehen jetzt runter und sagen es ihr."

„Ja, cool“, spottete ich. „Dann stehen sieben Katzen auf der Matte und maunzen ihr und der anderen Frau was vor, das sie nicht verstehen. Stell ich mir richtig prickelnd vor.“

Goldie miaute währenddessen schon etwas in das iPhone, MEIN iPhone, und sprang dann mit diesem vom Bett. „Wartet hier!“ kommandierte sie und stolzierte hinaus.

Kurz darauf kam sie zurück, mit iPhone und im Schlepptau Rebekka und die andere Frau.

„Das glaubt mir keiner“, sagte die andere Frau. „Eine Katze mit iPhone zeigt Rebekka ein Foto und einen Text. Auf dem Foto, das eine andere Katze mit dem iPhone aufgenommen hat, ist deutlich unsere Frau Beck vom Einkauf zu sehen. Sag mal, Rebekka, was hast Du mir in den Kaffee getan?“

Frauchen lachte und stimmte ihr zu: „Ja, es ist etwas gewöhnungsbedürftig. Aber glaub mir, Carla, mein Ermittlerteam auf vier Pfoten ist weit besser als dieser Goldkettchen-Silkowski und der so unglaublich freundliche Kommissar Schmidtke. Was weißt du denn über die Frau Beck?“

„Also, dass sie was mit dem Frummelmann gehabt haben soll, das ist mir neu. Ich bin aber auch schon seit viereinhalb Monaten nicht mehr bei Hellwigh...“

„Vielleicht war sie es, die der Nachbar gesehen hat“, redete Purzel dazwischen.

„Welcher Nachbar?“ fragte Frauchen irritiert.

„Na, der aus der Zeitung. In der Zeitung stand doch, dass ein Nachbar am Abend der Tat eine Unbekannte im Aufzug gesehen hat.“

„Das kommt vom vielen ‚Tatort‘-Gucken“, grinste ich. „In einem Hochhaus kommt das öfters vor, dass Unbekannte den Aufzug nehmen.“ Immerhin hatte ich Hochhaus-Erfahrung, die anderen Katzen nicht. Ich war überdies ebenfalls eine Unbekannte gewesen, hatte den Aufzug genommen und war von der Frau mit den gelben Stöckeln gesehen worden. Na also.

Goldie, diese Streberin, hatte natürlich, während mir diese Gedanken durch den Kopf gingen, gleich gegoogelt und schob Frauchen das Tablet hinüber.

„Mord in Überlingen! Ehefrau fand Opfer tot im Wohnzimmer

Der Unternehmens-Berater Franz F. aus Überlingen wurde vorgestern ermordet. Seine Frau, Gundula F., die den Abend bei einer Chorprobe des Kirchenchors verbracht hatte, fand den 56-Jährigen bei ihrer Rückkehr tot auf der Couch sitzend. Die Wohnung wies keinerlei Einbruchspuren auf, woraus die Polizei schließt, dass das Opfer seinem Mörder selbst die Tür geöffnet hat.

Die Nachbarn des Toten sind geschockt. ‚Er war so ein freundlicher Mensch', berichtet Nachbarin Ottilie S., ‚kein Mensch hätte sich vorstellen können, dass er mal umgebracht wird'. Nachbar Gustav B. will am Abend der Tat eine ihm unbekannte Frau im Aufzug gesehen haben. Die Polizei ermittelt noch."

„Nachbar Gustav B. hat also eine Unbekannte im Aufzug gesehen", stellte Frauchen fest. „Ich geh' da morgen mal hin und zeige ihm das Foto. Mehr als dass der mich für verrückt hält, kann eh nicht geschehen. Da ich mich inzwischen selber schon für verrückt halte, weil ich zusammen mit sieben Katzen einen Mörder suche, ist das auch nicht weiter schlimm."

„Hach, ich liebe ‚Alice im Wunderland' und diese Grinsekatze", seufzte Carla. „Nur hätte ich nie geglaubt, dass ich selber jemals etwas derart Abgefahrenes erlebe."

Wir fanden alle diese Besprechung ganz toll und waren gut gelaunt, nur Percy saß in der Ecke und war beleidigt, weil er unbedingt etwas erzählen wollte und ihm keiner zuhörte.

9. Mai

Als Frauchen heute am späten Nachmittag zu Gustav B. fuhr, bestand ich darauf mitzukommen. Auf gut Deutsch: Ich sprang einfach heimlich ins Auto und folgte ihr ebenso heimlich zum Haus. Wieso sie einen großen bunten Blumenstrauß dabei hatte, das war mir allerdings nicht so klar.

Zunächst studierte Frauchen eingehend die Klingelschilder. Es gab drei Schilder, deren Namen mit einem „B“ begannen: Bach, Bodowski und Bezan.

Frauchen klingelte zunächst bei Bach.

Was sie da in die Sprechanlage hineinredete, setzte mich sehr in Erstaunen. Ich hatte sie bisher für wahrheitsliebend gehalten.

„Ja, hier ist Schneeberger vom ‚Südkurier‘. Sie waren so nett und haben uns direkt nach dem Mord ein Interview gegeben. Wir möchten uns dafür bei Ihnen mit einem Blumenstrauß bedanken.“

Im nächsten Moment summte die Klingelanlage. Schnell witschte ich hinter Rebekka ins Haus. Den Aufzug kannte ich ja schon. Sie drückte auf den Knopf, der Aufzug surrte herunter, die Tür ging auf. Nachdem sie eingetreten war, sauste ich schnell auch noch rein.

Sie guckte, dann grinste sie.

„Na, dann komm, Du Chef-Ermittlerin“, lächelte sie.

‚Chef-Ermittlerin‘ hatte sie zu mir gesagt! Meine Brust schwoll an vor Stolz, so sehr, dass sogar das ins Halsband eingeklinkte iPhone bebte.

Im 5. Stock stiegen wir aus. Frauchen klingelte an einer Tür, an deren Türschild „Gustav und Shanti Bach“ stand.

Eine dunkelhäutige, sehr schöne Frau in Jeans und Pulli öffnete.

„Kommen Sie herain, Frau Schneebergär, mein Mann ärwartet Sie beraitz“, sagte sie. „Und du, was bist du für ain süüsäz Kätzchen! Gehört die Klainä zu Ihnen?“

„Ja!“ sagte Frauchen entschieden und folgte ihr ins Wohnzimmer. Ich sauste sofort hinter ihr her, bevor jemand die Tür schließen und mich aussperren konnte.

Herr Bach saß am Wohnzimmertisch und sortierte Fotos. Ich wusste gar nicht, dass es das gibt: Fotos auf glänzendem Papier, etwa so groß wie eine Postkarte, oder sogar noch ein bisschen kleiner. Also in meinem erfahrungsreichen einjährigen Leben habe ich so etwas noch nie gesehen. Könnte aber Spaß machen, damit Fangen zu spielen und die so richtig durcheinanderzuschmeißen!

Ich rief mich schnell zur Ordnung, denn es würde unseren Ermittlungen ganz sicher nicht nützen, wenn ich hier meiner Fantasie freien Lauf ließe.

Frauchen überreichte dem Mann den bunten Strauß, der bot ihr den bequemsten Sessel im ganzen Zimmer an, und Frau Bach holte gleich eine Vase für die Blumen. Ich ließ mich vornehm zu Frauchens Füßen nieder.

Rebekka lobte Herrn Bach, wie gut es sei, dass Nachbarn ein Auge darauf haben, was in der Nachbarschaft passiert. Ich weiß ja, wie es sie nervt, wenn der Sparkassendirektor sich dafür interessiert, ob genug Kunden zu ihr ins Büro kommen und ob die Wiese alle zwei Wochen gemäht wird. Also war ich sehr erstaunt. Herr Bach aber lächelte sie an und fragte, ob er ihr ein Glas Wein anbieten könne.

Beim zweiten Glas zeigte sie ihm dann das Foto, das sie extra zu diesem Zweck ausgedruckt hatte.

Herr Bach suchte umständlich nach seiner Brille, schickte dann seine Frau ins Schlafzimmer mit dem Befehl , diese zu holen und betrachtete anschließend das Foto. „Ja", sagte er gewichtig. „ja – das war die Frau. Sie war schon im Aufzug, als ich zustieg, ich wollte noch mit dem Hund raus, und sie machte einen sehr – ja, wie soll ich sagen? einen ziemlich wütenden Eindruck."

Hund?
Wo ist hier ein Hund?

Mir sträubten sich die Nackenhaare. Manchmal sollte man als Ermittlerin vorsichtig sein und erst mal abchecken, wo man hin geht.

„Leopold Fuchur!", rief Herr Bach.

Ein riesiges weißes Etwas erhob sich von seinem Platz neben dem Fernseher. Ich hatte es zunächst für einen Flokati-Teppich gehalten. Das kommt davon, wenn man so auf seine Ermittlungen fixiert ist, dass das Bauchgefühl und die Nase nicht mehr funktionieren. Während Leopold Fuchur auf uns zutrottete, dachte ich, da muss ich in Zukunft aufpassen. Bauchgefühl ist sehr wichtig für einen Ermittler, das hatte doch Tatort-Kommissar Batic erst kürzlich im Fernsehen gesagt. Oder war es Leitmayr gewesen? Egal.

Glücklicherweise war Leopold Fuchur ein sehr netter Hund.

Er trappelte zu mir hin, beschnupperte mich kurz und legte sich dann langgestreckt direkt neben mich.

„Er mag Katzen“, erklärte Herr Bach. „Darf ich Ihnen nachschenken, Frau Schneeberger?“

Kapitel 7: Die Leute mit dem Dreieck

10. Mai

Heute Morgen gab's endlich wieder ein ausführliches Frühstück. Frauchen servierte uns ein schmackhaftes Ragout. Sie selbst blieb im Bett, so lange sie wollte, weil heute ja kein Bürotag war – es war einfach prima.

Wir kuschelten alle zusammen, und als ich gerade anfing, Sehnsucht nach ihm zu bekommen, da stand Felix in der Schlafzimmertür und hatte ein Gänseblümchen im Mäulchen. Für mich.

Ich liebe Gänseblümchen! Zwar dachte ich bisher, dass Tulpen meine Lieblingsblumen sind, die sind so schön bunt. Aber seit heute weiß ich: Gänseblümchen gefallen mir noch viel besser.

Das Kommissariat war geschlossen, der Computer des Sparkassendirektors ausgeschaltet, Rebekka war ganz sicher nicht die Mörderin von diesem Frummeldingens, es war Wochenende, wir hatten alle frei und die Sonne schien.

Kann es etwas Schöneres geben?

Naja, wenn ich Frauchen genau anschaute, dann teilte sie offensichtlich mein absolutes Wohlgefühl doch nicht ganz. Und wenn ich ganz genau in mich hineinhorchte, dann vermisste ich den Leckerli-Stefan ja selber. Wie kann man nur so blöd sein, die Frau, die man liebt, wegen so einem Quatsch sitzen zu lassen!

Am Nachmittag musste ich immer wieder an die nette Frau Frummelmann denken. Die saß jetzt bestimmt wieder ganz allein auf der Bank neben dem Grab ihres Mannes, während ich glücklich war und Felix mir Liebesworte ins Ohr maunzte.

Als er dann zum Abendessen nach Hause ging, beschloss ich, nochmals auf den Friedhof zu spazieren.

Tatsächlich – da saß sie, und wirklich: Sie schaute genauso unglücklich wie beim letzten Mal und murmelte auch heute wieder vor sich hin.

Mit einem eleganten Sprung war ich blitzschnell auf der Bank und kuschelte mich an sie.

„Schau mal, Moritz“, lächelte sie, „ich hab‘ Dir Leckerlis mitgebracht.“ Es waren ganz besonders gute Leckerlis, so kleine Pasteten-Würste, die es zu Hause nur zu Katzen-Geburtstagen oder zu Weihnachten gibt. Ich war entzückt!

„Heute ist ein besonderer Tag“, erzählte Frau Frummelmann. Ich schmeichelte und rieb meine Backe an ihrem Arm, weil ich gern noch mehr von diesen Leckerlis haben wollte. Sie gab mir eins. Dann noch eins. Und noch ein paar. Ich begann, vor Wonne zu schnurren, dass mir der Bauch wackelte.

„Heute vor sechs Jahren, da trennte er sich von seiner Frau und zog zu mir.“ Sie lehnte sich zurück und lächelte in der Erinnerung daran.

„Ich war schon im Nachthemd und putzte gerade die Zähne. Da klingelte es. Ich wunderte mich noch, weil er doch gesagt hatte, er könne an diesem Abend nicht kommen, er habe etwas Wichtiges mit seiner Frau zu klären. Und ich trug ja nur ein altes, verwaschenes T-Shirt als Nachthemd. Hätte ich gewusst, dass er kommt...

Ja, da stand er dann. So hatte ich ihn noch nie gesehen. Er war ganz erschöpft und hatte einen großen roten Fleck an der rechten Backe, und er trug eine schwere schwarze Tasche.

‚Was ist passiert?', fragte ich erschrocken und ‚Komm doch rein', sagte ich und zog ihn ins Wohnzimmer. Er setzte sich erst mal auf die Couch und brachte kein Wort hervor. So hatte ich ihn noch nie gesehen. Ein gebrochener Mann war er in diesem Moment. Ich goss ihm einen vierfachen Whiskey ein, das mag er immer so, er ist so ein Hemingway-Typ, weißt du, sehr, sehr männlich. Und vierfach kann auch ruhig ein bisschen mehr bedeuten. Dann kuschelte ich mich an ihn und wartete. Er trank den Whiskey ex, dann schüttelte er sich und machte ‚Brrrrhhh.' Ich weiß es noch wie heute. Ich überlegte, nur einen Moment lang, ob ich mich umziehen sollte, aber solche Äußerlichkeiten waren in diesem Moment völlig unwichtig geworden. Er saß da, ich saß bei ihm und hielt seine Hand. Bestimmt eine halbe Stunde saßen wir nur da, eng verbunden durch ein Schicksal, das dramatisch in die Speichen unseres Lebensrads gegriffen hatte. Ich hatte mich noch nie so eng mit ihm verbunden gefühlt wie in diesen Momenten. Nicht mal auf dem Eiffelturm. Schließlich straffte er sich und lächelte mich an. Aufstehen und lächeln, selbst wenn das Leben grausam über ihn hinweggerollt ist, ja das kann er, mein Franzi. Das KONNTE er, muss man wohl sagen. ‚Wenn Du mich noch willst, dann bin ich ganz Dein!', sagte er, und natürlich wollte ich ihn, und wie! Ich hatte die Hoffnung ja schon fast aufgegeben, dass wir einmal zusammen leben. Es ist komisch, wenn man warten muss, bis die kranke Frau stirbt, und es wird und wird nichts draus. Aber jetzt hatte das Warten ein Ende. Jetzt waren wir zusammen, jetzt konnten wir aller Welt zeigen, dass das Schicksal uns verbunden hatte."

Sie gab mir zur Feier des Tages noch ein paar Leckerlis und ich schmiegte mich in ihren Schoß. Mein Frauchen redet nie auf diese blumige Weise wie Frau Frummelmann es tut. Ich könnte es ebenfalls nicht. Auch wenn ich Felix sehr lieb habe und mir immer das Herz hüpft, wenn er mir ein Gänseblümchen bringt, würde ich nie vom Schicksal erzählen, das dramatisch in die Speichen unseres Lebensrads gegriffen hat. Ich fand es sehr romantisch.

„Ja, er kam mit nichts als ein paar Hemden und Hosen, seinem Rasierzeug – und...", jetzt stockte sie. Dann schluchzte sie plötzlich auf.

Ich kuschelte mich an sie und schnurrte beruhigend.

Plötzlich starrte sie mich ganz groß an und sagte mit einer ganz fragenden Stimme: „Aber du bist doch gar nicht mein Moritz?“

Ich weiß nicht, ob ich nochmals zu der Frau Frummelmann auf den Friedhof gehe. Auch wenn sie sehr romantisch erzählen kann: Dass sie mich zeitweise für Kater Moritz hält, finde ich ziemlich absonderlich, und vielleicht tickt sie nicht ganz richtig.

Vorsichtshalber rannte ich davon und kotzte alle die guten Leckerlis wieder raus.

11. Mai

Heute war’s mal wieder langweilig.

Am Sonntag bekommen der Sparkassendirektor und seine Frau immer Besuch von Tochter, Schwiegersohn und Baby, und Felix ist richtig verschossen in das Kleine. Er mag Kinder ganz arg sehr, sagt er.

Sonntagnachmittag ist er deshalb immer zu Hause und sitzt mit dem Baby auf der Couch. Dann lacht das Baby und patscht in seinem Fell herum, und Felix schnurrt wie ein Weltmeister. Nicht mal, wenn es an seinem Schwanz zieht, faucht oder beißt er. Anschließend bekommt das Baby einen Brei und Felix bekommt eine Katzenmilch.

Nun, ich weiß, dann man seinem Liebsten Freiheit gönnen muss. Deshalb mache ich mir’s dann gemütlich und langweile mich eine Runde. Bei uns ist in der übrigen Woche zurzeit sowieso so viel los, da ist so ein bisschen Langeweile eine willkommene Abwechslung!

Am Abend guckten wir wieder ‚Tatort‘.

Glücklicherweise war auch diesmal mein Professor Boerne dran. Also, wenn der nicht in Münster lebte, sondern hier am Bodensee, der wäre genau der Richtige für mein Frauchen! So witzig und so kultiviert. Ich bin sicher: Er würde sie auch nicht verlassen, bloß weil neben irgendeinem bescheuerten Grab irgendein bescheuerter Kranz liegt mit der Aufschrift „Deine Becky“.

Die Folge hieß „3x schwarzer Kater“, und Percy, der Schwarze, hat sich vor lauter Stolz fast verdreifacht.

Nur als sich herausstellte, dass der eine Mann, der Besucher, Sie wissen schon, den Kater in weitem Bogen aus dem Fenster warf, weil er eine Katzenallergie hatte, da fauchte Percy ganz wild. Wir hätten es deshalb beinahe nicht mehr mitbekommen, dass das Herrchen von dem schwarzen Kater den Besucher angriff. Der Besucher brachte dann das Herrchen versehentlich um und zündete das Haus an, damit man keine Spuren findet. Also, Menschen gibt's...

Ich bin sehr froh, dass der Professor Boerne so schlau ist und das alles rauskriegt.

12. Mai

Am Donnerstag war Percy ja fast den ganzen Tag unter dem Schreibtisch im Zimmer der Kommissare herumgehangen und hatte nichts in Erfahrung gebracht. Der eine Kommissar, der Goldkettchen-Typ, hatte am Abend vorher ausgiebig mit Freunden gefeiert und jammerte den ganzen Tag über seine Kopfschmerzen. Der andere Kommissar, der Pseudo-Freundliche, spielte stundenlang „World of Warcraft“.

Am Spätnachmittag kriegte Percy einen solchen Hunger, dass sein Bauch knurrte. Das Goldkettchen beklagte sich daraufhin immer wieder, dass die Kaffeemaschine heute so laut sei. Worauf der Pseudo-Freundliche jedes Mal antwortete: „Sauf nicht so viel. Und sauf keinen Fusel, sonst geht's dir wie dem Frummelmann.“

Als er uns das am Abend erzählen wollte, da hörten wir ihm nicht mal zu. Was ihn sehr frustrierte und ihn das ganze Wochenende über beschäftigte.

Man muss also wirklich Percys Motivation und Disziplin loben: Heute ging er wieder hin.

Gegen Mittag kam er ganz aufgeregt zurück: „Sie haben außer dem Frauchen keinen weiteren wirklichen Tatverdächtigen!“, berichtete er. „Sie haben die Hellwigh vernommen, und auch die Frau Frummelmann und die Frau Huber von der CNC Huber GmbH, aber es ergaben sich keine Verdachtsmomente, haben sie gesagt. Der einzige Verdachtsmoment, den sie haben, richtet sich gegen das Frauchen: Die leere Methanolflasche und das blaue Modellkleid, in das sie eingewickelt war. Außerdem der Kranz mit ‚Deine Becki‘ und die Zeugenaussage, dass Frauchen und der Frummel wieder zusammen gewesen sein sollen. Sie sagten, die Schlinge ziehe sich zu, und es dauere nur mehr Tage, dann hat sie die Anklage wegen Mord in der Hand!“

„Jetzt schau ICH mir mal diesen Haufen von Franz‘ Unternehmensberatung an!“ sagte Frauchen energisch und lief hinüber ins Büro.

Find ich gut.

Um Welten besser als wenn sie sich hinsetzen würde und über die bevorstehende Mordanklage jammern.

Ich folgte ihr und sprang mit Schwung auf den Korbsessel, dann rollte ich mich auf dem sonnengelben Kissen ein.

„Ja, guten Tag, hier Hesse, Hermine Hesse. Ich bin Einzelunternehmerin und möchte mein Unternehmen vergrößern. Deshalb würde ich gern mit Ihnen besprechen, ob ein Coaching durch die Frummelmann GmbH dazu beitragen könnte, dass ich meine ambitionierten Ziele erreiche.“

Es gibt sie also noch, die Frummelmann GmbH. Auch wenn der Power-Coach mit dem Schlüssel zum Erfolg das Gras jetzt von unten anguckt und den Regenwürmern erzählen kann, wie wichtig Ordnung und Umdenken sind.

„...“

„Das ist gar kein Problem. Ich habe kürzlich geerbt.“

„...“

„Gerne, Herr Stiefelhauser. .... Nein, ich komme zu Ihnen. .... Ja, gerne. .... Bis um vier!“

„Hermine Hesse“ ist Frauchens Pseudonym. Eigentlich haben ja nur Schriftstellerinnen ein Pseudonym, oder? Aber Frauchen hat auch eins. Manchmal fotografiert und retuschiert sie ganz verrückte Bilder, die nicht ins „Portfolio“ der Unternehmens-Fotografin passen, experimentell, wild, in Farben, die ganz anders sind als in der Wirklichkeit. Die veröffentlicht sie dann unter dem Pseudonym Hermine Hesse. Es ist eine Reminiszenz an Hermine aus Hermann Hesses „Steppenwolf“. Ich habe es nachgelesen.

Sie zwinkerte mir zu und fragte: „Magst du mitkommen?“

Na, das sind ja ganz neue Töne! Keine heimlichen Einschleichmanöver – ich darf mit. Wahrscheinlich hat sie kapiert, dass ich eine ganz hervorragende Detektivin bin, mit einer Beobachtungsgabe, die ihresgleichen sucht. Und mit Bauchgefühl.

Um halb vier war sie endlich so weit mit Anziehen. Sie hatte auch diesmal den halben Kleiderschrank ausgeräumt, bis sie mit ihrem Outfit zufrieden war. Das, womit sie so zufrieden war, gefiel mir allerdings gar nicht. Sie sah darin nicht aus wie mein Frauchen, sondern wie eins der hippen Models in ihren Modezeitschriften. Jetzt sagte sie zu mir: „Und? Fertig?“

Ich nickte und klinkte das iPhone an mein Halsband. „Startbereit. Let's go!“, miaute ich großspurig. Privatdetektive geben sich meistens großspurig, warum, das weiß ich nicht.

Sie nahm mich hoch und stopfte mich in ihren Shopper. Na, klasse, ungefähr so hatte ich mir das vorgestellt. Glücklicherweise hatte das Ding keinen Reißverschluss, sondern einen Magnetverschluss, so dass ich genug Luft bekam und meine Ohren rausspitzen lassen konnte.

Es war ein bisschen ungewohnt, zur Ermittlung getragen zu werden. Außerdem ist der Shopper schwarz, und schwarz mag ich nicht. Obendrein stinkt er nach Leder und Schuhputzmittel. Brrrhhh.

Wir parkten irgendwo ein. Frauchen machte den Motor aus, stieg aus und holte den Shopper vom Beifahrersitz. Als ich über den Rand der Tasche spitzte, sah ich erstaunlicherweise das Hochhaus, das ich schon kannte. Das war doch das Haus mit der WOHNUNG vom Frummeldingens, wieso hatte sie sich da verfahren?

Aber sie drückte auf eine Klingel, die Tür surrte, in Nullkommanix waren wir in dem Aufzug, den ich ebenfalls schon kannte. Ich dachte an die Dame mit den gelben Schuhen, die so nett gewesen war und mich „süßer Liebling“ genannt hatte. Wenn die wüsste!

Wir fuhren sogar wieder hoch bis zum 11. Stockwerk. Ein Hämmern und Bohren begrüßte uns, als wir oben aus dem Aufzug stiegen. Frauchen stöckelte einen Flur entlang, das Gestöckel hallte von den Wänden wider. Ich finde ja, sie sollte flache Schuhe tragen, das ist dann so leis und so weich wie eine Katzenpfote. Sie zieht aber hohe Absätze vor, warum auch immer. Wir hatten deswegen schon öfters ausführliche Diskussionen, hilft aber nichts, sie hat einen Sturkopf.

Rebekka zurrte den Shopper etwas weiter zu und drückte eine Klingel. Ich hörte Schritte, dann wurde die Tür geöffnet. „Guten Tag, Frau Hesse, herzlich willkommen!“ sagte eine freundliche Frauenstimme aus einer Wolke von Parfum heraus. „Ich bin Frau Gilby. Kommen Sie herein, Herr Stiefelhauser hat sofort für Sie Zeit.“

Wir – das heißt eigentlich: Frauchen – wurden in einen kleinen Raum geleitet, der, wen wundert es, ganz in Weiß gehalten war. Nur eine Grafik an der Wand war schwarz-weiß mit einem großen knallgelben Tropfen (für Menschen sieht der wohl rot aus). Ich schaute da lieber mal genau hin. Aber es war glücklicherweise kein Blut, sondern gehörte zum Kunstwerk. Der Raum roch intensiv nach Teppichbodenshampoo, Möbelpolitur und Parfum.

Frauchen hatte sich kaum gesetzt und die Tasche mit mir drin unter den weißen Tisch geschoben, da kam die Frau schon mit einem Tablett. „Ein Gläschen Sekt?“, fragte sie mit so einer richtig gurrenden Stimme, also das mag ich ja gar nicht. Wahrscheinlich wollen die nur mein Frauchen betrunken machen und legen ihr dann einen haarsträubenden Vertrag vor, ich traue diesen Leuten nicht.

Frauchen sagte „gerne“ – und als die Frau wieder draußen war, zögerte sie einen Moment und kippte dann den Sekt in den Blumenkübel mit dem großen Fensterblatt. Sie ist eine kluge Frau, das muss man ihr lassen.

Irgendwo hörte ich Frau Gilby mit einer anderen Frau reden. Die Stimme kam mir bekannt vor – sie klang wie die von Frau Beck. Also – nicht so wie da, als sie „mein Liebster“ gemurmelt hatte, sondern eher so wie da, als sie sich mit Frau Frummelmann gestritten hatte.

Dann zelebrierte Herr Stiefelhauser seinen Auftritt. Er war groß, vielleicht Ende Dreißig, trug ein weißes Hemd, einen anthrazitfarbenen Anzug, eine dunkelblaue Krawatte und eine beginnende Glatze. An seiner Krawatte klemmte so eine Nadel mit Dreieck. Das stellte ich fest, weil ich vorsichtig aus meiner Tasche linste. Hoffentlich muss ich nicht niesen, die Tasche stinkt wirklich sehr nach Leder.

„Meine liebe Frau Hesse, ich freue mich, Sie kennenzulernen!“ sagte er enthusiastisch. „Hatten Sie eine gute Anreise? Was kann ich für Sie tun?“

Nachdem er Platz genommen und seinen Laptop auf dem Tisch platziert hatte, erklärte mein Frauchen, dass sie Fotografin ist und dass sie ihr Unternehmen vergrößern wolle. Einen Produktfotografen für künstlerische Werbefotos, eine Assistentin, Sekretariat, jemanden für die Retusche. Ein großes Studio, eine neue Corporate Identity (hab‘ ich das jetzt richtig verstanden?), ein urbanes Marketing. Web 2.0? Nein – Web 4.0, ein Studio eben, das seiner Zeit voraus ist. Mittelfristige Perspektive: vier oder fünf festangestellte Fotografen, jeder mit einem eigenen Schwerpunkt, in dem er Herausragendes leistet. Kunden, die die Welt mitprägen. Wenn Sie verstehen, was ich meine, sagte sie.

Das kann ich mir jetzt grade so vorstellen. Frauchen, die glücklich ist, wenn sie mit ihren Kameras, Objektiven und Filtern losziehen kann. Frauchen, die ihre komplette mobile Blitzanlage ins Auto lädt, weil sie Fotos für Kunden am liebsten in deren Räumen macht, da sind die entspannt und das Ambiente stimmt, findet sie. Frauchen, deren Tag gerettet ist, wenn sie mit richtig tollen Fotos zurückkommt und die dann die halbe Nacht noch retuschiert, bis sie mit den Bildern zufrieden ist. Die stöckelt dann durch ihr großes Studio und verwaltet ihre Mitarbeiter. Sehr einleuchtend.

Herr Stiefelhauser schluckte das aber ohne Probleme und fragte sie nach ihren Zielen in einem Jahr, in fünf Jahren, in zehn Jahren, nach aktuellen Kunden, ihrer aktueller Positionierung, ihren Mitbewerbern und ihren Zielgruppen. Ständig tippte er etwas in sein iPad. Naja, mich macht das nicht mehr nervös, ich kenne das ja von Goldie.

Zwischendrin kam ein Anruf.

„Jetzt nicht, Frau Gilby!", sagte Herr Stiefelhauser ganz genervt in den Hörer und legte auf.

Gleich darauf erschien Frau Gilby in der Tür und bat ihn hinaus. Ich spitzte meine Ohren, aber obwohl Katzenohren genial scharf sind, hörte ich nur einzelne Gesprächsfetzen. Müssen die unbedingt flüstern, können die nicht etwas lauter reden, würden die einem bitte die Ermittlerinnen-Arbeit nicht unnötig schwer machen?

„Sie ist völlig aufgelöst..." , „...ruft schon das dritte Mal an..." - und am Schluss von Herrn Stiefelhauser ein entschlossenes „Ja, wenn sie das vorhat, dann soll sie's doch machen!"

Dann kam der Berater wieder zurück, lächelte mein Frauchen herzlich an und setzte das Gespräch fort.

Am Ende schlug er ihr zunächst zehn Coaching-Tage vor und lud sie zum Unternehmer-Treff ein, der jeden Dienstag um 20 Uhr in den Räumen der Frummelmann GmbH stattfindet. Die ersten zwei Teilnahmen am Unternehmer-Treff sind kostenlos. Der Coaching-Tag dauert fünf Stunden und kostet für sie als Kleinunternehmerin nur 1800 Euro zuzüglich Umsatzsteuer, was fast geschenkt ist, wenn man bedenkt, was Frauchen damit alles erreichen kann. Er malte ihr das in den schönsten Farben aus - ihr großzügiges Studio mit exklusiven Drucken ihrer Fotos an den Wänden, die Assistentin - oder vielleicht doch lieber ein Assistent? - Ausstellungen, Umsätze und Gewinne, Premiumkunden, Premium-Aufträge, Preise und Ehrungen. Beinah hätte ich selbst geglaubt, dass Frauchen nur glücklich wird, wenn sie ein Studio mit Mitarbeitern hat und nicht mehr Fotografin, sondern Chefin ist.

Die Dame am Empfang verabschiedete das Frauchen herzlich und bot ihr an, die schwere Tasche zum Aufzug zu tragen. Ich duckte mich schon und hielt die Luft an. Frauchen sagte fröhlich „Nein, danke, das geht schon. Ich bin gespannt auf den Unternehmer-Treff – werden Sie auch da sein?“

Erfreulicherweise ist Frau Gilby auch da, und noch erfreulicher war es, dass ich meinen Niesanfall erst im Aufzug bekam. Es hätte Herrn Stiefelhauser vielleicht doch gewundert, wenn die schwarze Tasche unter dem Tisch auf einmal zu wackeln und zu niesen begonnen hätte.

13. Mai

„Ich komme gern heute Abend mit zum Unternehmer-Treff, aber nur, wenn Du eine andere Tasche nimmst!“, sagte ich zum Frauchen beim Frühstück.

„Das kommt gar nicht in Frage!“, sagte Frauchen. „Das war schon gestern eine Schnapsidee. Ich dachte, es wäre klug, weil niemand so viel Ahnung von dem Fall hat wie Du.“

Ein leises Knurren unter dem Tisch ließ sie stocken. „Und Goldie natürlich“, ergänzte sie.

13. Mai, nachmittags

Vorhin hat es geklingelt.

Frauchen ist heute etwas nervös und schmeißt die ganze Zeit ihre Klamotten durcheinander. Es geht darum, was sie heute Abend anziehen soll. Schwarzer Hosenanzug, weiße Bluse, buntes Tuch? Etwas Ausgefalleneres? Eine farbige Bluse zum schwarzen Hosenanzug? Oder doch lieber den neuen in Braun mit den petrolfarbenen Nadelstreifen und das petrolfarbene Shirt dazu? Aber ist das dann nicht ZU ausgefallen?

So ging es schon den ganzen Tag.

Als sie richtig viele Hosen, Blusen, Shirts und Blazers auf dem Bett verstreut hatte und grade laut überlegte, welches Oberteil zu der grauen Hose passt, da klingelte es. Sie schlüpfte schnell in ein hellblaues Shirt und rannte zur Tür.

Ich gleich hinterdrein.

Das erste, was ich sah, waren schwarze Schuhe und rostfarbene Hosenbeine. Das erste, was Frauchen sah, war offensichtlich etwas anderes, denn sie hauchte „ohhhhh".

Ich guckte nach oben. Ein riesiger Strauß. Gelb und blau und orange, alles mögliche Blattzeug zur Dekoration und mittendrin ein großes Herz aus Satin. Und drei bunte Tüten mit Katzen-Leckerlis. Im Blumenstrauß. So einen verrückten Strauß konnte nur einer anschleppen. Ich hauchte ebenfalls „ohhhh". Auf Kätzisch.

„Ich war so ein Trottel", sagte er. „Ich lieb' Dich so sehr. Wenn er dir so wichtig war, dann werde ich eben warten, bis du..."

„Aber er war mir doch gar nicht mehr wichtig, ich bin nicht die Becki von dem Kranz. Ich hab' dich so vermisst, Bärchen", antwortete Frauchen und fing an zu schluchzen.

Ich begreif' die Menschen nie. Hab' ich schon einmal geschluchzt, wenn Kater Felix mit Gänseblümchen kam? Nö, da schaue ich ihm tief in die Augen und gurre mein Lied, dann packt er mich am Hals, und alles ist so einfach.

Bei den Menschen ist alles fürchterlich kompliziert.

Er gab ihr den Strauß, sie nahm ihn und blieb an der Tür stehen. Plötzlich lachte sie von ganz innen heraus, stand da und schluchzte und lachte, barfuß im hellblauen T-Shirt, und das hörte erst auf, als er sie in die Arme nahm und küsste. Wobei der Strauß ziemlich hinderlich war, weil er so groß ist.

Dann gingen sie ins Wohnzimmer. Ich schlüpfte auch gleich rein, denn es interessierte mich, wie das jetzt weitergehen würde. Außerdem waren im Blumenstrauß ja auch die Tüten mit Leckerlis. Aber Frauchen hob mich hoch und trug mich zur Tür. Mit anderen Worten: Sie warf mich einfach raus.

Das hätte ich nicht von ihr gedacht.

13. Mai, abends gegen halb zehn

Gerade vorhin ist Frauchen vom Unternehmer-Treff zurückgekommen.

Also von mir aus hätte sie noch nicht heimkommen müssen. Wir hatten heute Abend nämlich einen Catsitter.

Stefan blieb nach dem Essen noch da. Angeblich wollte er auf Frauchen warten. Ich vermute aber, er wollte einfach mit sechs netten, klugen und charmanten Katzen spielen. Felix ist leider nicht mit dabei. Sein Frauchen möchte nicht, dass er ständig bei uns ist. Sie befürchtet „Folgen", was immer das sein mag, und lässt ihn zurzeit nicht raus. Manchmal gelingt es ihm auszubüchsen, aber halt nicht immer.

Frauchen kam also gegen neun. Ihre Tarnung ist aufgeflogen. Sie fand das aber nicht weiter tragisch, sondern hat sich halb totgelacht.

Es waren ungefähr vierzig Leute dort. Mindestens die Hälfte von denen trug eine Anstecknadel mit Dreieck am Revers oder an der Bluse. Sehr seltsam.

Zur Begrüßung gab es einen Whiskey. Es handelte sich um den Lieblingswhiskey von Herrn Frummelmann. Alle tranken ihn sehr ergriffen zu seinem Gedenken. Herr Stiefelhauser selbst trank einen Doppelten, denn das war die Tradition gewesen, die Herr Frummelmann eingeführt hatte. Frau Beck trank einen Vierfachen, denn so habe es der so plötzlich Verschiedene tatsächlich gehalten, verriet sie lächelnd. In welcher Funktion Frau Beck da war, verstand Frauchen nicht so genau. Jedenfalls war sie keine normale Teilnehmerin, sondern hatte etwas mit der Frummelmann GmbH zu tun, gehörte vermutlich sogar zur Unternehmensführung.

Dann hielt Herr Stiefelhauser einen Vortrag. Es ging um die drei Stufen zum Spitzen-Erfolg. Die Basis, auf der alles Weitere aufbaut, fasste Frauchen es für uns zusammen, ist Ordnung. Das ist der untere Bereich des Dreiecks, sagte Herr Stiefelhauser. Nun gut, das wusste ich schon durch Frau Hellwighs Vortrag. Ich dachte an das Chaos, das immer noch in Rebekkas Schlafzimmer herrscht. Es war nicht sehr verwunderlich, dass das mit ihr und dem Frummel nicht geklappt hatte. Mich wunderte es eher, wie sie es so viele Jahre miteinander ausgehalten hatten.

Darüber unterhielt ich mich flüsternd mit Percy, als sich Purzel einmischte. „Es ging ihm da vor allem darum, dass keine Katzenhaare ŕumliegen und dass niemand beim Fressen sabbert“, erläuterte sie.

„Warum soll ein Unternehmen erfolgreich sein, wenn keine Katzenhaare ŕumliegen und niemand beim Fressen sabbert?“, fragte Merlin kritisch und bemühte sich, sich so zu verdrehen, dass er seinen Po putzen konnte.

Ich wusste es auch nicht.

Frauchen und Stefan nutzten die Pause, die durch unsere Konversation für sie entstand, um sich ausführlich zu küssen. Als wir mit unserem Disput fertig waren, schenkte sie sich und Stefan Wein nach und uns Katzenmilch. Danach fuhr sie fort mit den Stufen zum Spitzen-Erfolg.

Die zweite Stufe heißt: Radikales Umdenken. Das ist der mittlere Bereich des Dreiecks. Frauchen zog einen etwas verknitterten Zettel aus der Tasche, da hatte sie sich einen Satz notiert, den der selige Herr Frummelmann erfunden hatte. Herr Stiefelhauser hatte erwähnt, dieser Satz stehe inzwischen als Zitat in allen wichtigen Management- und Coaching-Standardwerken. Frauchen, die auch mal gern Management- und Coaching-Standardwerke liest, kannte ihn bisher noch nicht, deshalb hat sie ihn aufgeschrieben.

„Die Art, wie Sie denken, hat Sie dahin gebracht, wo Sie heute stehen. Denken Sie weiter auf die gleiche Art, dann werden Sie nie irgendwo anders hinkommen als dahin, wo Sie heute sind. Denken Sie dagegen wie ein Sieger, dann werden Sie auch ein Sieger sein!“, las sie mit salbungsvoller Stimme, und sie und Stefan kippten fast um vor Lachen.

„Oh, oh“, machte Purzel. „Sehr klug dann, wenn man selbst auf neue Gedanken kommt, aber nicht ungefährlich, wenn es bedeutet, dass einem das neue Denken von so einem Erfolgsguru aufgepfropft wird.“

Stefan lächelte ihr zu. „Du bist eine sehr gescheite Katze“, lobte er. „Das ist das Problem an der Geschichte. Wenn man unkritisch die Gedanken eines Gurus übernimmt, verliert man den Boden unter den Füßen und ist total leicht manipulierbar. In den 70er Jahren folgten viele religiösen Gurus, heute sind Erfolgs-Gurus im Trend. Beides kann einen Menschen kaputtmachen.

Erfolgs-Gurus können sogar ein ganzes Unternehmen in den Ruin treiben, hat man ja bei der Hellwighschen Fabrik gesehen."

„Und die dritte Stufe, was ist das?", fragte ich, weil ich mich für Gurus nicht so sehr interessiere. Ich denke lieber selber und verlass' mich auf mein Gespür. Das funktioniert auch fast immer, nur wenn es um Leckerlis geht...

Naja, Sie kennen das vielleicht auch.

Die dritte Stufe, die Königsdisziplin sozusagen, das ist Autorität, sagte Frauchen und grinste. Das ist der obere Bereich, die goldene Spitze. Sie haben das geübt, heute Abend. Autorität, das bedeute für Untergebene so etwas wie Zuarbeiten, und das sei essenziell im Umgang mit Vorgesetzten, Kunden und anderen wichtigen Leuten, hat Herr Stiefelhauser aus einem Buch vom toten Frummelmann vorgelesen. Nachdem alle andächtig der Lesung gelauscht hatten, ging es in die Praxis. Ein Mann und eine Frau kamen nach vorn, sie durften als erste üben. Der Mann war die Autorität, die Frau die Zuarbeiterin. Mein Frauchen und die anderen durften noch sitzen bleiben und zuschauen, glücklicherweise, sagte das Frauchen.

Der Autoritätsmann musste durch Gesten, Mimik und Handeln seine Wünsche deutlich machen. Die Zuarbeiterin musste sofort darauf reagieren. Sprechen war verboten.

Frauchen erzählte, wie der Autoritätsmann herumscharwenzelt war, die Frau immer hinter ihm her. Er deutete auf ein Glas, sie schenkte Mineralwasser ins Glas und reichte es ihm. Er stolperte, sie stützte ihn. Er warf seinen Schal auf den Boden, sie zögerte. Er blieb stehen, schaute sie drohend an. Sie zögerte. Einzelne Zuschauer begannen zu raunen. Er deutete mit dem Finger auf den Schal, sie zögerte.

„Nur wer dienen kann, kann herrschen, später, wenn er in der entsprechenden Position ist", erläuterte Herr Stiefelhauser. „Der Unternehmer ist der, der unternimmt. Das bedeutet auch: Er nimmt, die Mitarbeiter geben. Dafür bezahlt er sie ja. Nur so funktioniert es. Der Unternehmenserfolg steht und fällt damit, dass er delegiert und dass seine Mitarbeiter, von den Bereichsleitern bis hinunter zum letzten Hilfsarbeiter ihm unbedingt, das heißt, in allem, wirklich allem zuarbeiten."

„Dann aber, dann kam der absolute Hammer!", erzählte das Frauchen und verschluckte sich fast. „Ein Mann sprang nämlich plötzlich auf wie vom Donner gerührt und sagte zu mir gewandt: ‚Sie sind doch die Frau Sommerthal, das sind Sie doch, oder? '

Stiefelhauser, die nette Frau Gilby und drei oder vier von den Dreieck-Anstecknadel-Männern umzingelten mich und den Mann sofort und drängten uns Richtung Tür. Der Mann sagte zu mir: ‚Gestatten, Rebentisch, Klaus Rebentisch, früher Meister in der Fertigung bei Hellwigh. Ich freue mich, Ihre Bekanntschaft zu machen'. Ich antwortete, während mir Stiefelhauser bedrohlich auf den Leib rückte: ‚Sehr erfreut, Herr Rebentisch, sollen wir vielleicht unser Gespräch lieber draußen fortsetzen?' Gemeinsam schritten wir an Stiefelhauser, der Gilby und den Anstecknadel-Leuten vorbei zu Tür, er überließ mir den Vortritt, unsere Teilnahme am Unternehmer-Treff war zu Ende. Der Schal lag noch auf dem Boden, die beiden vorn auf der Bühne standen recht unentschlossen herum, ich sah es, als ich mich nochmals umdrehte. Dann schlossen sich die Pforten der Frummelmann GmbH hinter uns."

Stefan schaute sie einen Moment lang verblüfft an. „Und das findest du witzig?", fragte er irritiert.

„Ja", grinste sie. „Ja, ich finde das komisch. Ich wollte eh grade gehen, weil mir die drei Stufen des Erfolgs nicht zusagen. Ich liebe halt die Unabhängigkeit, und das war doch der coolste Abgang, den man sich denken kann. Oder?"

Frauchen erzählte gleich weiter: „Draußen am Aufzug entschuldigte sich Herr Rebentisch erst mal, er sei so überrascht gewesen, mich zu sehen, dass ihm das herausgerutscht sei. Er ist das erste Mal beim Unternehmer-Treff gewesen, weil es ihn interessiert hat, was für Leuten die Hellwighsche Fabrik ihre Insolvenz zu verdanken hat. Man braucht übrigens gar keine Einladung, um da reinzukommen. Er ging einfach hin und wurde problemlos eingelassen. Und stellt euch vor: Er und andere ehemalige Hellwigh-Mitarbeiter hatten gehört, ich sei die Mörderin und legten für einen Blumenstrauß zusammen. Als Dankeschön dafür, dass Frummelmann jetzt nichts mehr anrichten kann. Das war dieser Strauß mit den schönen gelben Rosen."

Kapitel 8: Der Fluch der bösen Tat

14. Mai

Momentan sieht's beim Frauchen nicht so gut aus mit Aufträgen, glaube ich. Den einen, mit den Jubiläumsevents, hat sie abgeschlossen. Gestern sah ich, wie sie die Rechnung ausdruckte. Und wenn ich es richtig einschätze, sind die Leute zwar begeistert von dem Gedanken, sie könne diesen Frummeldingens vergiftet haben, möchten aber jetzt nicht unbedingt eine Fotografin beauftragen, die vielleicht noch vor Projektende hinter Gittern sitzt.

Also arbeitete Frauchen heute an einem Hermine Hesse-Foto. Verfremdet, verrückt und farbenfroh sind die. Wenn mein Frauchen Hermine Hesse-Fotos aufnimmt und bearbeitet, dann gestaltet sie die unglaublichsten Bilder. Wie ein Maler das bei surrealistischen Gemälden macht, so ganz voll Fantasie. Zum Beispiel hat sie ein Bild von Eva im Paradies geschaffen, mit ganz großen Blüten an üppigen Bäumen, und die verlockende Schlange mit dem Apfel ringelt sich schon um den nächsten Baum. Ein anderes Bild zeigt eine Prinzessin, die auf einem fliegenden Teppich die prächtigsten Paläste von Oben besichtigt, während auf dem Teppichrand eine kleine Katze balanciert.

Wieder ein anderes hat eine Frau aus der Zukunft zum Thema, die Ausflüge zu fremden Galaxien unternimmt und im endlosen Weltraum von schillernden Sternen und von geheimnisvollen Fabelwesen begleitet wird. Natürlich geht das nicht allein, indem man fotografiert. Man komponiert aus ganz unterschiedlichen Fotos ein neues Bild und greift voll in die Farbkiste, die ein Computer hergibt, und das sind über sechzehn Millionen Farben – das müssen Sie sich mal vorstellen!

Die Foto-Komposition, die sie heute auf dem Bildschirm hatte, zeigt eine Frau, die gleichzeitig eine Katze ist, also ich meine, in ihren Gesichtszügen schimmern die einer Katze durch. Sie fliegt über einer kleinen Stadt, wie die Frauen auf den Bildern von Chagall es tun, und um sie herum fliegen allerlei Feen, Magier und Spukgestalten. Einer der Magier hat den Kopf von Stefan aufgesetzt bekommen, aber erst heute Morgen, nachdem Stefan sich verabschiedet hatte und in seine Galerie gegangen war (die Kleiderberge auf dem Bett sind jetzt auch weg).

Wir saßen also im Büro und genossen den Tag. Frauchen arbeitete an ihrem Foto-Kunstwerk und schwelgte in einem Farbenrausch. Ich lag zusammengerollt im Korbsessel auf dem sonnengelben Kissen und beobachtete sie dabei.

Wenn Frauchen an ihren „Composings" arbeitet (so sagt sie dazu), dann ist sie ganz entspannt, und ich finde Bilder schön, die so aussehen wie aus einem Traum.

Mitten in den Traum hinein klingelte es. Ich sah aus dem Fenster und erblickte sofort das weiß-blaue Auto. Es war auch tatsächlich der Goldkettchen-Mann.

Heute trug er einen alten Trenchcoat und hatte einen so wiegenden Gang. In der rechten Hand hielt er eine brennende Zigarre. „Ich hab da noch ´ne Frage", sagte er.

Dann sah er das Bild, an dem Frauchen gerade arbeitete und stutzte.

„Was machen SIE denn mit Composings von Hermine Hesse?"', fragte er. Er kannte das Wort also auch.

„Wieso?“ fragte Frauchen angriffslustig. „Bin ich dann NOCH verdächtiger?“

„Nö“, sagte er. „Es ist nur – dürfen Sie das überhaupt? Da kann doch nicht jeder kommen und an Bildern von Hermine Hesse herumbosseln. Das ist doch ein Bild von Hermine Hesse, oder? Es ist jedenfalls ihr Stil.“

„Ich BIN Hermine Hesse“, erklärte Frauchen und hielt ihm ihren Bildband vor die Nase. Es ist zurzeit noch der einzige, in dem sie Hermine Hesse-Composings veröffentlicht hat, aber sie arbeitet schon am nächsten. Das mit dem Katzenbuch hat sie nämlich inzwischen aufgegeben, zu Weihnachten kommt stattdessen ihr Hermine-Hesse-Band Nr. 2 heraus. Mit vielen Katzen-Fantasiebildern, übrigens. Wir alle haben dafür schon Modell gesessen, und Studio-Blitzanlagen kann ich bald nicht mehr sehen.

„Also, nö, oder?“, sagte der Mann und ließ sich in den Sessel fallen. Ich konnte grade noch ausweichen, sonst hätte er mich zerquetscht. Ich fauchte.

„Also, wir haben so ein großes Poster von einem Hermine Hesse-Bild im Wohnzimmer hängen“, erzählte das Goldkettchen. „Ein irres Bild. Eine Frau, die auf einer winzigen Eisscholle sitzt und einen Eisbären umarmt, während ihre Katze in einer winzigen Jolle um die Eisscholle herumrudert. Find‘ ich cool.“

„Ja, das habe ich vor zwei Jahren gemacht“, erinnerte sich Frauchen.

„Also, nö, also das haut mich jetzt um. Krieg ich ein Autogramm für meine Tochter? Sie heißt Cynthia-Marie.“

Da Frauchen keine Autogrammkarten hat – es hat sie noch nie jemand um ein Autogramm gebeten – druckte sie ein Foto-Kunstwerk aus und schrieb drunter: „Ganz liebe Grüße an Cynthia-Marie von Hermine Hesse“. Das gab sie ihm.

Ergriffen zog er von dannen, seine Frage hatte er wohl vergessen.

14. Mai, früher Nachmittag

Vorhin war Felix da.

Ich weiß nicht – dauernd bin ich müde, und wenn ich nicht schlafe, dann habe ich Hunger. Und ich hab gar keine Lust auf Felix. Das Ziehen und Sehnen in Herz und Unterleib ist einfach weg.

Er hat mich dann in den Armen gehalten, und ich drückte mich an ihn und spürte seinen warmen Bauch und dachte, was für ein Glück ich habe.

Er ist der Allerbeste, Liebste.

Er ist ganz bestimmt kein Casanova.

Er kommt sogar dann, wenn sein Frauchen ihn einsperrt. Sobald es geht, büchst er aus und schlüpft durch unsere Katzenklappe zu mir. Wir wissen beide nicht, was sie meint mit ihrem Gerede über irgendwelche Folgen. Wird auch nicht so wichtig sein.

Himmel, bin ich müde.

14. Mai, spätnachmittags

Jetzt geht es mir wieder etwas besser.

Und wenn es einem einigermaßen gut geht, dann soll man an die denken, die traurig sind und sie ein bisschen abschlecken und trösten.

Frauchen ist mit ihren Hermine Hesse-Bildern beschäftigt, da ist sie nie traurig. Außerdem kommt nachher Stefan zum Abendessen.

Aber meine Freundin Frau Frummelmann, die ist traurig. Gut, sie ist etwas absonderlich – und ja, ich hatte mir vorgenommen, sie nicht mehr zu treffen. Ich mag es einfach nicht, wenn sie mich Moritz nennt und so komisch redet. Aber das Leben hat es ihr nicht immer leicht gemacht. Das muss man auch mit bedenken.

Ganz sicher ist sie wieder auf dem Friedhof. Auf dem Friedhof wird man noch trauriger, wenn da nicht eine Katze ist, die einen aufmuntert. Das ist auch der Grund, weshalb auf diesen Friedhöfen in Paris so viele Katzen herumlaufen. Man sagt zwar, wir seien selbstbezogen und hätten an Menschen nur Interesse, wenn sie uns mit Leckerlis verwöhnen. Das ist aber nur manchmal wahr. Eigentlich nur höchst selten. Wir sind sehr sensible und sehr mitfühlende Lebewesen. Wenn jemand unglücklich ist, merken wir das sofort. Wenn ein Mensch, den wir lieben, krank ist, legen wir uns auf die Stelle seines Körpers, die heilen muss und schnurren ganz liebevoll dort hinein. Sagen Sie nur, das haben Sie selber noch nicht erlebt. Jeder, der mit einer Katze zusammenlebt, weiß das.

Also machte ich mich auf den Weg. Aber diesmal mit dem Bus – in meinem Bauch grummelt es immer noch. Vielleicht bin ich nicht mehr so an Leckerlis gewöhnt und habe mich an Stefans Mitbringsel überfressen?

Als ich den Weg zum Frummelmann-Grab entlangspazierte, sah ich sie schon auf der Bank sitzen. Gundula Frummelmann trägt immer noch Schwarz, und sie wirkt darin ganz zart und zerbrechlich. Man sagt ja, Männer verlieben sich immer in den gleichen Typ Frau. In dem Fall stimmt das gar nicht – mein Frauchen ist zwar sehr sensibel, Künstlerin halt, aber ich glaube nicht, dass sie jemals Frummelmanns Vorstellungen von der männlichen Dominanz akzeptiert hat. Und zart und zerbrechlich wirkt sie auch nicht.

Ich strich tröstend um Gundulas Beine, und gleich wachte sie aus ihren schweren Gedanken auf und lächelte mich an.

„Ach, Moritz, wie schön, dass du gekommen bist“, sagte sie und kramte in ihrer Tasche nach Leckerlis für mich. „Schau, was ich Dir mitgebracht habe!“

Ich sprang auf ihren Schoß und ließ mich streicheln und mit Knabberkeksen verwöhnen. Dann rollte ich mich ganz elegant auf ihrem Bauch zusammen. Dass die Sonne auf mein Fell schien und es zum Leuchten brachte in dieser Position, war mir natürlich sehr bewusst.

„Weißt Du, Moritz, du verstehst das vielleicht nicht, nach dem, was er dir angetan hat, aber wir waren so glücklich zusammen“, flüsterte sie und begann leis zu schluchzen. „Du kannst dir gar nicht vorstellen, wie sehr ich ihn vermisse. Morgens wache ich auf und drehe mich im Bett zu ihm hin – und er ist nicht da, es ist nur ein Hotelbett in einem Hotelzimmer.

Jeden Freitagabend hat er mir Rosen gebracht, weiße Rosen. Auch wenn er viel Arbeit hatte und nach dem Abendessen nochmals ins Büro ging, die Rosen am Freitag hat er nie vergessen.

Ach ja, seine Arbeit. Du weißt es ja, mein Kleiner, wir beide hatten nichts im Büro zu suchen. Das Büro, das war seine Welt, das muss man respektieren. Er trennte sehr strikt zwischen Beruf und Privatleben. Obwohl das Büro doch direkt nebenan war. Erinnerst du dich, wie wir einmal, ganz am Anfang, ihn dort überraschen wollten? Ja, da hat er getobt! Es hätte nicht viel gefehlt, und er hätte dich zum Balkon hinuntergeschmissen. Aus dem elften Stock. Er konnte halt Katzenhaare gar nicht leiden, ich bin sicher, dass er eine Allergie hatte. Aber so war er eben. Wenn man einen Menschen liebt, mein Kleiner, dann muss man ihn ganz lieben, auch mit seinen Schwächen. Ich liebte ihn ja so sehr!“

Sie hörte auf zu flüstern und zu erzählen, als ein älterer Herr vorbeiging. Der grüßte sie kurz und spazierte weiter.

Frau Frummelmann holte umständlich ein weißes, hellblau umhäkeltes Taschentuch aus ihrer Handtasche und tupfte sich die Augen.

„Ja“, lächelte sie, „was wollte ich doch sagen.... Wenn man liebt, muss man auch Opfer bringen, weißt du, mein kleiner Moritz. Als es klar war, dass wir jetzt zusammen leben, da habe ich sofort meinen Beruf aufgegeben. Er wollte es so. ‚Meine Frau muss nicht arbeiten, meine Frau soll es gut haben‘, sagte er. Wir richteten uns diese schöne Wohnung ein. Ach ja, Moritzle, die vermisse ich auch. Sie war so schön und klar! Am Anfang hätt‘ ich sie ja gerne bunt gehabt, mit lauten, fröhlichen Farben. Aber ich verstand schnell, dass das sehr kindlich ist und dass es nicht zu dem angesehenen Unternehmer-Coach Franz Frummelmann und seiner Frau passt. Das edle, klassische Design, das Franz von einem weltberühmten Innenarchitekten gestalten ließ, das beruhigt die Seele und schafft eine Konzentration aufs Wesentliche. Und was für ein Blick über die ganze Stadt und den See! Ich habe es geliebt, morgens barfuß auf die Penthouse-Terrasse zu treten und die Morgenluft mit meinem Haar spielen zu lassen. Er kam mir dann meistens nach, und zusammen genossen wir den Tagesbeginn. Ach, Moritzle. Also, es war eigentlich gar kein Opfer, meinen Beruf aufzugeben. Und meine Vorstellung von einem gemütlichen Zuhause aufzugeben. Das ist oft so, man denkt, etwas sei ein Opfer, und dann ist es in Wirklichkeit gut und schön und tröstlich."

Mir wurde das ein bisschen zu viel Opfer, aber vielleicht hatte sie ja Recht.

Ich habe im Opferbringen nur wenig Erfahrung, naja – eigentlich gar keine. Kater Felix würde ganz bestimmt nicht wollen, dass ich meinen Beruf als Privatdetektivin und zukünftige Bestsellerautorin aufgebe, das kann ich mir beim besten Willen nicht vorstellen. Und wir haben auch keine rundum weiße Wohnung, in der ich zuständig wäre dafür, alle Härchen wegzuputzen. Das kann ich mir noch weniger vorstellen, das wär' vielleicht lustig, da würde er mich aber kennenlernen!

Ja, und auch mein Frauchen erwartet von mir keinen Opfermut. Mein Frauchen fühlt sich am wohlsten, wenn wir alle miteinander glücklich sind. Aber vielleicht fehlt ihr da ein bisschen Weisheit und Abgeklärtheit, die Herr Frummelmann dann bei seiner zweiten Frau gefunden hat.

Ach was, Weisheit! Ich muss jetzt heim, das Abendessen wartet, und hoffentlich auch Kater Felix. Entschlossen sprang ich von Frau Frummelmanns Bauch, streifte noch einmal liebevoll um ihre Beine, dann machte ich mich auf den Heimweg.

„Kommst du wieder?", rief sie mir nach.

Ja, mach ich. Vielleicht bring ich auch Kater Felix mit. Der ist ebenfalls sehr feinfühlig. Und er hat ebenfalls einen Sinn für sanfte Menschen, die ein bisschen skurril sind. Glaube ich zumindest.

Wieso pocht es schon wieder in meinem Bauch?

15. Mai

Percy hätte die Tür besser nicht geöffnet, als es heute Nachmittag klingelte. Frauchen war im Büro und mit ihren Hermine Hesse-Fotos beschäftigt. Da probiert sie neue Farbeffekte, retuschiert, gestaltet, verwirft, macht's neu und schafft – mit anderen Worten: Sie ist für die Welt um sich herum nicht erreichbar.

Nach dem fünften Klingeln schnaubte Percy empört, weil es ihn beim Meditieren störte. Er trabte zur Tür, sprang die Klinke an und drückte sie dadurch herunter. Die Tür flog auf. Davor stand Frau Beck – die Frau, die kürzlich so an Herrn Frummelmanns Grab geschnieft hatte. Die Frau, die Nachbar Gustav Bach wiedererkannt hatte, die Frau, die am Mordabend in der Jakob-Obser-Straße 48 gewesen war.

Heute trug sie ein knallgelbes (für Menschenaugen: knallrotes), weitausgeschnittenes Kleid und giftgrüne Sandaletten. Auch ihre Fingernägel waren giftgrün lackiert. Genauso knallrot wie das Kleid war ihr Lippenstift. Die braunen Haare hatte sie zu einem Knoten hochgesteckt. Der Anhänger an ihrer Goldkette stellte ein silbernes Dreieck mit einer goldenen Spitze dar.

Sie schaute Percy irritiert an und betrat dann energisch die Wohnung.

„Hallo, ist da jemand?“, rief sie.

Keine Reaktion. Wenn Frauchen arbeitet... Na, ich sagte es ja schon.

„HAAAALLLOOOOOH! Ist da jemand???“

Keine Reaktion.

Die Frau drang tiefer in unsere Wohnung ein.

Wir stellten uns alle in einer Reihe vor ihr auf, um sie daran zu hindern.

„Pah, Ihr Viecher, weg da“, zischte sie und trat mit ihrem giftgrünen Stöckelabsatz nach Merlin. Das ging eindeutig zu weit. Merlin und Percy fauchten sie an.

Ich warf Goldie einen kurzen Blick zu, sie antwortete mit einem Einverständnis-Blinzeln. Im nächsten Moment griff sie von links an und ich von rechts. Goldie krallte sich in die Waden von Frau Beck, ich sprang an ihr hoch und krallte mich in ihr Kleid. Sie begann zu kreischen: „Ihr Mistviecher! Weg hier! Haut ab! Ich mach euch zu Hackfleisch, ihr Bestien!“

Das bewirkte, dass Frauchen endlich in die Realität zurückfand und im nächsten Moment im Flur auftauchte.

„Was ist hier denn los?“, rief sie. „Frau Beck, würden Sie mir bitte erklären, wieso Sie plötzlich in meiner Wohnung stehen und Rabatz machen?“

Ich war gespannt auf die Erklärung und ließ von ihr ab. Ihre Waden zeigten ein paar Kratzer, auch das Kleid sah nicht mehr so taufrisch aus, aber das tat mir nicht im Geringsten leid.

„Ich sollte dringend etwas mit Ihnen besprechen“, sagte Frau Beck. „Ich möchte Ihnen nämlich ein Geschäft vorschlagen. Abgesehen davon, dass Sie natürlich Schadensersatz und Schmerzensgeld leisten müssen für das kaputte Modellkleid und die Wunden, die mir ihre Bestien zugefügt haben.“

„Ich sollte aber nichts mit Ihnen besprechen“, stellte Frauchen fest. „Außer vielleicht das, dass Sie in meinem Haus nichts zu suchen haben. Also – bitte gehen Sie.“

„Nein“, sagte die Beck und grinste herausfordernd. „Sie hören mir jetzt zu. Es könnte nämlich...“

„Sie gehen jetzt!“, verlangte Frauchen. „Und wenn Sie das nicht gleich tun, dann hole ich die Polizei.“

„Die Polizei?“, höhnte Frau Beck. „Na, dann sollen die Sie doch gleich mitnehmen, Sie Mörderin. Und wenn Sie mich hier rauswerfen, wie eine.... also eine.... wie so ein Stück Dreck, dann werde ich eben meine Aussage machen, dann kenne ich keine Gnade mehr.“

Sie drehte sich auf den giftgrünen Absätzen um und eilte die Vortreppe hinunter.

Diese Szene muss wohl doch einen stärkeren Eindruck bei Frauchen hinterlassen haben. Als ich zwei Stunden später ins Büro schlenderte und es mir in meinem Korbsessel gemütlich machte, sah ich ein Foto-Kunstwerk auf dem

Monitor, das zwei Frauen darstellte, von denen eine einen dicken Bauch hatte und in eine giftiggrüne Giftwolke eingehüllt war.

Dabei hat die Beck gar keinen dicken Bauch.

15. Mai, spätnachmittags

Gerade las ich den Eintrag von heute nochmals durch. Also, so ganz zufrieden bin ich ja noch nicht damit. Als zukünftige Bestseller-Autorin muss ich mir angewöhnen, alles ein bisschen dramatischer darzustellen.

Ich hätte zum Beispiel schreiben können, dass Goldie der Frau Beck eine tiefe Wunde in die Wange riss, aus der das Blut auf die Fliesen tropfte. Oder dass Stefan in dem Moment dazu kam und Frauchen ritterlich mit dem Schwert verteidigte. Vielleicht: als Ritter auf dem weißen Pferd? Aber er hat gar kein Pferd, soviel ich weiß, und unser Flur wäre auch zu klein dafür.

Quatsch – Coco, spinn nicht so einen Unsinn zusammen! Deine Leserinnen stehen nicht auf Ritter mit weißen Pferden, die wollen wissen, wie es wirklich war!

Als ich dann zu dem Satz mit dem Bauch kam, da wurde ich stutzig. Vor allem deshalb, weil ich schon wieder so müde und so hungrig bin.

Sollte ich...?

15. Mai, abends

Glücklicherweise kam Felix nach dem Abendessen vorbei. Wir sehen uns nicht so oft wie wir es gerne möchten, weil die Frau des Sparkassendirektors ihn momentan nicht rauslässt. Sie hat sogar mit dem Tierarzt einen Termin vereinbart, dabei ist Felix ganz gesund – und muskulös und stark und mit einem so schönen Fell ausgestattet, dass es mich immer freut, wenn ich ihn ansehe.

Manchmal kann er ihr entwischen. Glücklicherweise. Denn wenn wir uns nicht sehen, dann haben wir beide sehr große Sehnsucht nach einander.

Wir machten es uns auf Frauchens Bett gemütlich und kuschelten. Die meisten Kater quasseln ja, wie ich gehört habe, ununterbrochen (Ausnahmen sind Percy und Merlin). Felix aber kann einfach mit einem daliegen, und die Welt ist wunderschön. Da braucht es gar nicht viele Worte.

Nachdem wir eine Weile unsere Zweisamkeit genossen hatten, fragte ich leise: „Sag mal, Felix, könntest du dir vorstellen, nicht nur mich lieb zu haben, sondern, vielleicht, also ich meine, also, wenn da noch ein paar Kätzchen wären, so kleine, süße?"

Er schaute mich mit seinen golden schillernden Augen so intensiv an, dass mir das Herz bis zum Hals schlug. Ich lieb' ihn so sehr.

„Seit ich dich kenne, habe ich keine andere mehr angeschaut", maunzte er.

„Ich mein' aber doch – es könnte sein, dass wir Babys bekommen, du und ich", sagte ich.

Felix sprang auf und weg war er.

Das hätte ich jetzt nicht erwartet.

Einen Augenblick später kam er zurück und hatte vier Gänseblümchen im Mäulchen, die schenkte er mir.

16. Mai

Heute Morgen saß ich auf der Fensterbank und genoss den Frühlingstag. Da raste ein Auto daher, ein roter Sportwagen, fragen Sie mich nicht nach Marke und Modell, da kenne ich mich nicht so aus. Er stoppte quietschend direkt vor unserem Haus. Heraus sprang Frau Beck. Diesmal trug sie Schwarz, dazu knallrote Pumps.

Kurz darauf hielt ein Polizeiauto vor unserem Haus. Frauchen und Stefan waren noch im Nachtzeug und frühstückten gemütlich auf der Terrasse, als es klingelte. Frauchen warf sich einen Morgenmantel über.

Goldkettchen stand vor der Tür, begleitet von einer Polizistin. Er war etwas verlegen und sagte erst mal: „Guten Morgen, Frau Hesse."

Ich wollte ihr eigentlich gerade von meiner Vermutung erzählen, dass ich Babys bekomme, aber da warte ich vielleicht besser noch ein bisschen. Es scheint mir momentan nicht der passende Augenblick zu sein für so ein Gespräch von Frau zu Frau.

„Verhaften Sie sie!", rief die Beck und kam den Weg zur Eingangstreppe herauf. „Ich habe sie gesehen. Zur Mordzeit im Mordhaus. Es gibt sogar noch zwei weitere Zeugen, die sie ebenfalls gesehen haben." Sie wollte ins Haus, aber Stefan hinderte sie daran.

„Fassen Sie mich nicht an!", zischte die Beck.

„Ich muss Sie leider für eine Gegenüberstellung mit ins Präsidium nehmen, Frau Hesse", nuschelte Goldkettchen- Silkowski. „Frau Beck hat ausgesagt, dass sie Sie gegen 17:30 Uhr, also innerhalb des Zeitraums, den wir als Tatzeit ausgemacht haben, aus der Wohnung von Frummelmann kommen sah. Diese Aussage wird durch zwei weitere Zeugen bestätigt."

„Aber Frau Beck war doch erst am Abend in dem Haus, das hat der Nachbar gesagt", wunderte sich das Frauchen. „Und ich war um 17:30 Uhr im Stadtgarten fotografieren."

„Das ist nicht richtig", trumpfte Frau Beck auf. „Ich sah Sie gegen 17:30 Uhr aus der Wohnung von Franz Frummelmann kommen, Sie hätten mich bemerken können, wenn Sie nicht so dusslig wären. Ich war zusammen mit zwei weiteren Zeugen gerade auf dem Weg zum Büro der Frummelmann GmbH. Die haben Sie auch gesehen. Diesem Nachbarn bin ich dann begegnet, als ich mich gegen 22 Uhr auf den Nachhauseweg machte."

Sollte Frauchen vielleicht doch...?

Ich kann es mir einfach nicht vorstellen.

„Ich komm' mit", bot Stefan an. „Ich ziehe mich nur schnell an."

„Bleib da. Ruf meinen Anwalt an. Er heißt von Gräwitz. Die Nummer findest Du auf dem Computer in meinen Kontakten. Und kümmere dich um die

Katzen“, sagte Frauchen. „So, jetzt ziehe ich mir schnell etwas über, dann können wir gehen.“

Die Polizistin folgte ihr ins Schlafzimmer und guckte ihr beim Anziehen zu.
Kurze Zeit später kamen sie wieder heraus. Rebekka umarmte Stefan, drückte jede von uns ganz zärtlich, dann fuhr der Polizeiwagen mit ihnen davon. Frau Beck lehnte am Gartenzaun und grinste.

16. Mai, später Vormittag

Gerade ist Percy zurückgekommen. Er wollte uns nur kurz berichten und geht gleich wieder an seinen derzeitigen Arbeitsplatz. Dieser ist unter dem unbenutzten Schreibtisch im Kommissariat.

Der Pförtner ließ ihn auch heute wieder passieren. Percy überlegte einen Moment, ob er sich ins Vernehmungszimmer schleichen sollte, aber die Chance, dort erwischt zu werden, ist so viel größer, und die beiden Kommissare diskutieren ja alles, was dort gesagt wird, sowieso gründlich durch.
Nachdem die Kommissare über Cynthia-Maries Schulnoten und die coolste Kneipe in Miami geplaudert hatten, redeten sie endlich darüber, dass die beiden Zeugen übereinstimmend bestätigt hatten, dass Rebekka Sommerthal am Sonntag, den 20. April, gegen 17:30 Uhr aus Frummelmanns Wohnung gekommen sei. Bei der Gegenüberstellung hatten sie sie eindeutig identifiziert.
„Das muss man ernst nehmen“, stellte Goldkettchen fest, und Percy hatte den Eindruck, dass er deshalb ein bisschen unglücklich war.
Es beunruhigt auch mich, das muss ich zugeben. Denn zu der Zeit war sie ja mit ihrer Kameraausrüstung unterwegs. Gut, von Kameraausrüstung war keine Rede, aber die stört beim Morden sowieso – wenn Frauchen es war, dann hat sie die vermutlich im Auto gelassen.
Andererseits kann ich es mir nicht vorstellen. Nach dem, was Maxi und Purzel erzählen, war der Frummeldingens so ein Kotzbrocken, da ist man doch froh, wenn man den aus seinem Leben raus hat.

Wieso ist sie dann mit dem einkaufen gegangen?

Allerdings hätte ich es doch gemerkt, wenn bei uns ein blaues Modellkleid auf dem Bett gelegen hätte. Wobei: Natürlich habe ich nicht den perfekten Überblick über all die Klamotten, die sie im Schrank hängen hat. Den hat sie auch selber nicht, glaube ich, sie hat so etwas wie einen Klamotten-Fimmel.

Der Goldkettchen-Silkowski war wirklich gar nicht gut drauf, erzählte Percy. Ich glaube, der mag ihre Foto-Kunstwerke wirklich. Vielleicht hat es auch seiner Tochter sehr gefallen, dass Rebekka für sie ein Autogramm geschrieben hat....

Frauchen muss jetzt warten und wird heute Nachmittag nochmals vernommen, sagte Percy. Es geht wohl auch darum, ob sie jetzt in Untersuchungshaft kommt oder ob es denen reicht, dass ja die Kaution für sie hinterlegt ist.

16. Mai, nachmittags

Sie sind wieder da. Stefan durfte Frauchen abholen. Aber sie gefällt mir gar nicht. Stefan führte sie ins Haus. Sie ließ sich im Wohnzimmer auf die Couch fallen und begann zu schluchzen.

Er brachte ihr ein Glas Wasser und setzte sich neben sie. Sie schmiegte sich an ihn. Er nahm sie ganz fest in die Arme.

„Weißt Du, es ist das erste Mal, dass ich denke, kämpfen hilft nicht mehr, die Falle schnappt zu", sagte sie. „Ich war nicht in seiner Wohnung. Ich war im Stadtpark fotografieren. Aber die EXIF-Daten meiner Bilder beweisen eben gar nichts. Man kann die Uhrzeit im Kamera-Menü verändern. Die Aufnahme-Zeit von Fotos ist kein Alibi. Ich hab‘ auch keine Ahnung, ob mich Leute im Stadtpark gesehen haben. Wahrscheinlich ja. Aber da ist niemand, den ich als Zeugen benennen könnte. Das Unheimliche an der Geschichte sind für mich diese Aussagen. Und die Flasche und das Kleid in der Tonne. Stell Dir vor, ich glaube, das ist sogar die Flasche, die ich Franz an den Kopf schmiss, als ich ihn rauswarf, weil er Purzel und Maxi vergiften wollte. Das ist jetzt aber sechs Jahre her, die Flasche hat er doch wohl kaum in seine neue

Wohnung mitgenommen. Und wer macht eine Falschaussage und riskiert eine Verurteilung, um Corinna Beck zu unterstützen? Was hat die davon, mich ins Gefängnis zu bringen? Ich erfahre auch gar nicht, wer die Zeugen sind. Das ist alles so – so nebulös, so nicht greifbar, damit komme ich nicht klar."

„Was die Beck davon hat, das weiß ich nicht", maunzte Percy aus seiner Ecke hinter dem Vorhang. „Aber ich weiß, wer die Zeugen sind. Silkowski und der andere haben sich nämlich darüber unterhalten, als sie vorhin im Büro einen Kaffee tranken. Es sind Herr Stiefelhauser und Frau Hellwigh."

17. Mai

Wochenende!

Stefans Galerie ist zu. Er kann sich um Rebekka kümmern. Das braucht sie aber auch, denn sie ist völlig fertig. Diese beiden „Zeugen" Hellwigh und Stiefelhauser – das hat ihr den Rest gegeben. Man weiß ja nicht, was noch alles über einen hereinbricht, wenn so etwas passieren kann, sagt sie.

Uns Katzen fällt im Moment auch nichts ein. Also versuchen wir, uns zu entspannen, was wir Fellknäuel sowieso am liebsten tun. Damit wir dann nächste Woche wieder fit sind.

Stefan packte Frauchen nach einem ausführlichen Frühstück ins Auto und sagte: „Wir fahren raus! Alle Katzen, die möchten, dürfen mit, aber es gibt zwei Regeln: Erstens kommt Ihr während der Fahrt in die Transportbox, zweitens bleibt ihr während des Picknicks in der Nähe."

Was? Es gibt Picknick?

Da kann er sich darauf verlassen, dass ich da in der Nähe bleibe!!!

Percy zog es vor zu lesen (er liest grade Poe, es ist so spannend, sagt er). Goldie und Merlin hatten schon gestern geplant, den Nachmittag unter dem Fliederbusch zu verbringen. Was sie da tun, wollten sie nicht verraten. Die beiden alten Damen mögen es sowieso am liebsten, auf Frauchens Bett aneinander zu kuscheln. Glücklicherweise durfte ich Felix mitnehmen, dem es wieder einmal gelungen war, seinem Frauchen zu entwischen. Aber Rebekka und Stefan wissen ja nichts davon, dass er im Haus bleiben muss, normalerweise genügt es der Frau Sparkassendirektor, wenn er abends wieder eintrudelt. Deshalb waren sie sofort einverstanden, dass er mit zum Picknick kommt. Frauchen packte in Stefans Picknickkorb noch eine Dose Katzenfutter und eine große Tüte Leckerlis.

Wir saßen also in dem Weidenkorb, der unsere Transportbox ist, auf dem Rücksitz. Zuerst versuchten wir, durch das Flechtwerk ein bisschen etwas von der Landschaft zu sehen, die da an uns vorbeiflitzte. Aber das gaben wir schnell auf, da wird einem ja schlecht.

Frauchen und Stefan unterhielten sich.

Felix und ich unterhielten uns nicht. Wir lagen einfach aneinandergeschmiegt und dösten vor uns hin. Irgendwann einmal miaute er: „Da hat sich grade was bewegt, in deinem Bauch.“ Ich lächelte, ich hatte es ja auch gespürt, dann dösten wir weiter.

Als das Auto stoppte und Frauchen uns herausholte, da war da eine Wiese, mit vielen Glockenblumen, Löwenzahn, Gänseblümchen und gelbem Klee. Darauf breitete Stefan gerade eine gelbe Decke aus. Frauchen holte den Picknickkorb. Wir saßen alle vier auf der Decke und genossen die Leckerlis. Die Menschen hatten Menschenleckerlis und Wein, wir hatten Katzenleckerlis und frisches Wasser aus dem Bach, der ganz in der Nähe vorbeiplätscherte.

Danach legte sich Stefan auf die Decke, Frauchen platzierte ihren Kopf in seinen Schoß, beide schauten in den Himmel und irgendwann lächelten sie. Felix und ich stromerten zuerst auf der Wiese herum, jagten ein paar Schmetterlinge, aber dann wurden auch wir müde und kuschelten uns einfach mit dazu.

Irgendwann fragte Felix: „Seid Ihr denn früher mit der Maxi und der Purzel auch zum Picknick gefahren?“

Frauchen, die ganz entspannt war und deshalb die Katzensprache verstand, richtete sich ein wenig auf und stützte den Kopf auf die Hand.

„Nein", sagte sie. „Franz mochte kein Picknick. Er war früher schon sehr penibel. Wenn ihm ein Käfer über den Kartoffelsalat gelaufen wäre, wäre das eine Katastrophe gewesen. Maxi und Purzel mochte er ja sowieso nicht, weil sie haaren. Seiner Meinung nach haben alle Katzen Würmer. Deshalb hat er ja das Methanol gekauft. Ich kam damals von einem Fototermin und sah ihn in der Küche stehen. Er hatte Katzenfutter auf ein Tellerchen verteilt. Da goss er grade eine Flüssigkeit drauf. Purzel und Maxi standen vor ihm. Ich sah, wie er sich mit dem Tellerchen zu ihnen beugte und sie streichelte. Das kam mir sehr eigenartig vor, bei seiner Katzen-Aversion. Ich war sofort bei ihm, packte den Teller und die Flasche. Auf dem Etikett war auf orangem Grund ein großer Totenkopf abgebildet. Als ich verstand, dass er meine Katzen vergiften wollte, da kippte ich das Futter ins Klo, rannte ins Schlafzimmer und riss seine schwarze Reisetasche und ein paar von seinen Sachen aus dem Schrank. Dann warf ich ihn raus und das Zeug hinter ihm her. Das war der Tropfen gewesen, der das Fass zum Überlaufen gebracht hatte. Ich bin mir nicht sicher, aber ich glaube, die Flasche mit dem Methanol habe ich ihm an den Kopf geschmissen, auf jeden Fall war sie hinterher nicht mehr da. Er sagte nur, er habe mich sowieso verlassen wollen, es sei ja nicht auszuhalten mit mir, ich sei ja psychisch krank, ich sei hysterisch und gehöre in eine Anstalt. Dann ging er zu seiner Geliebten. Dadurch erfuhr ich überhaupt erst, dass er mich seit einem Jahr betrog."

Sie schüttelte sich und sagte: „Leute, lasst uns über etwas anderes reden. Der Tag ist viel zu schön, um an so etwas zu denken."

Ich musste aber trotzdem immer wieder daran denken.

Zu Hause berief ich gleich ein Meeting ein. „Stellt Euch vor, Frauchen hat ihm die Flasche mit dem Methanol, mit dem er Purzel und Maxi töten wollte, vermutlich an den Kopf geschmissen, als sie ihn vor die Tür setzte!", berichtete ich.

Purzel schaute kurz unter verschlafenen Lidern hoch.

„Was regst du dich auf?" maunzte sie. „Ich gehe schon lang davon aus, dass er an dem Gift starb, mit dem er uns ermorden wollte. Irgendwann wird jeder von seinen Taten eingeholt. Die Frage ist nur, wer es ihm gegeben hat."

Kapitel 9: Der vietnamesische Koch

18. Mai

Heute ist ein ganz besonderer Tag. Denn heute ist mein erster Geburtstag.

Als allererstes, noch bevor ein Mensch oder eine andere Katze wach geworden war, gratulierte mir Felix. Kurz nach Mitternacht hörte ich im Erdgeschoss ein Geräusch. Dann tapsten Pfoten ganz leis die Treppe hoch. Die angelehnte Schlafzimmertür wurde sehr zart etwas weiter aufgeschubst, und in dem Spalt erschien, ich sah es beim Licht des Vollmonds ganz genau, ein schwarz-weißer Katzenkopf mit einem bunten Sträußchen aus Wiesenblumen im Mäulchen.

Felix schaute sich um und entdeckte mich auf dem Bett, auf dem Bauch der eng an Stefan geschmiegten Rebekka. Mit einem Wupps! war er oben und legte die Blumen zwischen meine Vorderpfötchen.

Ich rieb mein Köpfchen an seinem. Das heißt auf Kätzisch „Dankeschön, ich freu‘ mich sehr“.

Wie hatte ich je annehmen können, Felix sei ein Casanova.

Er ist der liebste, beste Mann der Welt.

Als er zu mir kuschelte, erwachte Rebekka und gleich darauf auch Stefan. Sie knipsten die Nachttischlampe an, und als sie sahen, wer gekommen war und was er mitgebracht hatte, da mussten sie doch lächeln.

„Ich stelle die Blumen in eine Vase“, sagte Frauchen, „und dann gibt's Geburtstags-Leckerlis“.

Felix holte schnell die anderen Katzen dazu, auch Goldie und Merlin, die sich verliebt ins Wohnzimmer zurückgezogen hatten. Dann sangen sie alle, die einen auf Kätzisch, die anderen auf Menschisch: „Wie schön, dass du geboren bist.“

Ja, finde ich auch – wenn ich nicht bei meinem Liebsten und meinen Menschen und meinen kätzischen Freunden wäre, würde ich sie alle sehr, sehr, sehr vermissen.

19. Mai, 9:20 Uhr

Leute, bei aller Romantik: Das Leben geht weiter!

Wir müssen herauskriegen, warum Herr Stiefelhauser und Frau Hellwigh gegen Frauchen aussagen und damit sogar eine Bestrafung wegen Falschaussage riskieren. Wir brauchen Fakten, damit Rebekka sich wehren kann. Ich gehe zur Frummelmann GmbH und schaue mir die Geschichte an.

Rebekka ist heute Morgen mit Stefan in die Galerie gefahren. Stefan hat die Idee, dass sie dort Hermine Hesse-Kunstwerke ausstellt. Frauchen blühte sichtbar auf, als sie anfing, mit ihm zusammen die Ausstellung und die Vernissage zu planen.

Also wissen die beiden nichts von meinem Vorhaben. Da es ein gefährliches Unterfangen ist, werde ich die App nutzen, die im Abstand von drei Minuten Fotos schießt. Percy hat sie so eingestellt, dass die Fotos automatisch ins Internet hochgeladen werden. Projektleiterin Goldie und er werden permanent überprüfen, ob alles okay ist und, wenn Gefahr in Verzug ist, sofort in der Galerie anrufen.

19. Mai, 9:53 Uhr

„Ja, bist Du wahnsinnig!“ maunzte Merlin, als er von meinem Vorhaben erfuhr. „Darf ich dich mal dran erinnern, dass Du aus der Frummelmann-Wohnung beinahe nicht mehr herausgekommen wärst? Und dass in der Frummelmann GmbH Leute das Sagen haben, die sehr unangenehm werden können? Eigentlich hatte ich heute vor, den Schäferhund, der hier neu zugezogen ist, ein bisschen zu ärgern. Aber das kann warten – ich komme mit!“

Ehrlich gesagt war ich ziemlich froh darüber, und wir gehen jetzt gleich los.

19. Mai, 11:23 Uhr

Hilfe! Sind entdeckt!

19. Mai, 11:26 Uhr

Sind im Abstellraum eingeschlossen. Kein Fenster. Handy-Verbindung instabil. Sofort Frauchen und Stefan alarmieren!

19. Mai, 11:27 Uhr

EILT! Die haben vietnamesischen Koch bestellt.
Macht schnell! Lebensgefahr!!!

19. Mai, 11:35 Uhr

Mann eingetroffen.
Beeilt Euch! HIIIIILLLFFFEEEEEEE!

20. Mai

Wir leben noch, und das haben wir Herrn Stiefelhauser zu verdanken. Das hätte ich nie gedacht!

Aber jetzt der Reihe nach.

Gestern konnte ich nicht mehr schreiben. Mein Herz schlug bis zum Hals, ich hatte sogar Angst, die Babys zu verlieren. Auch Merlin, der mutige Merlin, war völlig fertig, hatte am ganzen Körper Schmerzen von den Hieben und war nahezu unfähig, sich zu bewegen. Frauchen tastete uns vorsichtig ab, trug an den schmerzenden Stellen Salbe auf und sagte: „Ich mache gleich einen Termin beim Tierarzt!" Der war allerdings auf einer Tagung, heute Nachmittag fahren wir zu ihm.

Ich sehnte mich nach Felix. Alles tat mir weh, ich war völlig durcheinander, und ich hätte nie geglaubt, dass es Menschen gibt, die süße kleine Kätzchen wie mich als Vorspeise fressen. Ich maunzte ins iPhone: „Könntest du Felix holen?" und zeigte dem Frauchen das Display, auf dem diese Frage sofort in Menschisch angezeigt wurde. Sie ging gleich rüber und erzählte seinem Frauchen, was passiert war – zumindest in groben Zügen. Dass wir da nicht zufällig hineingeraten waren, sondern auf der Suche nach einem Mörder sind, das sagte sie nicht. Obwohl Frau von Greuvenbuch ja irgendwelche „Folgen" fürchtet, durfte er mit. Sie erlaubte sogar, dass er die Nacht über bleiben durfte. Er kuschelte mit mir auf Frauchens Bett, hielt mich einfach fest und brummte mir beruhigend ins Ohr. Neben uns lagen Goldie und Merlin, ebenfalls eng aneinander gekuschelt. Goldie schleckte Merlin die Stirn mit sehr viel Hingabe, und ab und zu maunzte sie: „Du bist ein Held! Ich liebe dich!" und jedes Mal maunzte Merlin zurück: „Ich liebe dich auch. Ganz, ganz sehr!"

Heute Morgen ging es uns schon etwas besser, aber wir sind noch sehr mitgenommen. So etwas möchte ich nie, nie wieder erleben! Ich will nämlich noch lange leben, meine Babys bekommen und mit meinem Felix glücklich sein.

Aber jetzt unsere Geschichte:

Auch diesmal war es nicht schwierig, in das Hochhaus zu schlüpfen. Da sich keine katzenfreundliche Aufzug-Fahrerin fand, sprinteten wir die Treppen hoch. Also bis zum 4. Stock war das ja ganz lustig, und Merlin und ich machten uns einen Spaß daraus, uns einen Wettbewerb zu liefern, wer schneller ist. Aber dann wurde es mühsam, immerhin schleppe ich ja auch noch ein paar weitere Leben in meinem Bauch mit mir rum, nehme ich zumindest an. Und denen darf nichts passieren. Felix und ich - wir freuen uns schon so auf sie!

Als Merlin und ich endlich oben im 11. Stock waren, dauerte es eine ganze Weile, bis es uns gelang, in die Unternehmensräume zu schlüpfen. Wir drückten uns in die Ecke eines Flurs und warteten. Eine Frau kam mit energischen Schritten den Gang herunter, schloss die Tür auf, eilte in die Räume, und schon war die Tür wieder zu. Es gelang uns erst beim dritten Anlauf - da war der Besucher ein älterer, etwas umständlicher Herr, der eine ganze Weile brauchte, bis er eingetreten war.

Aber dann waren wir drin.

Wir schlichen uns vorsichtig hinter den Garderobenständer und beobachteten.

Kürzlich, in Frauchens Shopper, hatte ich ja nur wenig mitbekommen. Jetzt war es wichtig, dass wir die Orientierung nicht verloren - jedes Detail zählte.

Der Eingangsraum war fast quadratisch. Mitten im Raum stand ein gläserner Schreibtisch, der offenbar Frau Gilbys Arbeitsplatz war. Frau Gilby selbst hatte gerade den neuen Besucher in ein Büro geführt, jedenfalls kam sie jetzt aus einem der Zimmer und setzte sich auf den schwarzen Ledersessel.

Ich hatte sie ja beim ersten Besuch im Shopper nicht richtig sehen können. Jetzt hatte ich das Gefühl, sie wiederzuerkennen - ich glaube, sie war die, die während der Beerdigung wegging. Ganz sicher bin ich mir aber nicht.

Nur kurz darauf erschien Frau Hellwigh. Ich erkannte sie sofort wieder, auch wenn sie heute keine Rede hielt. Auch diesmal trug sie Schwarz und die

Farbe, die die Menschen als Rot wahrnehmen. Einen todschicken schwarzen Hosenanzug, dazu eine rote Bluse, die Ausblick gab auf einen schwarzen BH. Eine Kette mit schwarzen Perlen um den Hals – ich wusste gar nicht, dass es so etwas auch in Schwarz gibt. Mit dem unvermeidlichen Dreiecks-Anhänger dran, der auf ihren Busen baumelte. Hochhackige rote Pumps mit so einem Loch vorn, durch das man zwei oder drei Zehen sieht, Peeptoes nennt man die, glaube ich. Eingehüllt war sie in eine dichte Parfümwolke – Amber, Moschus und Koriander roch ich heraus.

„Hier ist die Post für die Frummelmann-Hellwigh Lifestyle, Frau Hellwigh", sagte die Gilby und überreichte ihr einen Stapel Kuverts in unterschiedlichen Größen. Frau Hellwigh nickte kurz und verschwand in ein Büro.

Merlin und ich schauten uns kurz an, dann witschten wir aus unserem Versteck hinter ihr drein in das Büro und schlüpften sofort in den Spalt zwischen einem Aktenschrank und der Wand.

Eine ganze Weile geschah gar nichts, das irgendwie interessant gewesen wäre. Frau Hellwigh arbeitete an ihrem Mac, dann lackierte sie ihre Fingernägel nach, las anschließend in einer Zeitschrift und rief schließlich Frau Gilby, sie solle beim Vietnamesen einen Tisch für zwei Personen bestellen.

Kurz darauf führte Frau Gilby einen Herrn ins Zimmer. Er trug einen dunkelblauen Anzug, ein weißes Hemd mit einem gestickten Firmenlogo (Genaueres konnte ich aus meinem Versteck heraus nicht erkennen), ganz neue blitzblanke Schuhe und natürlich eine Krawatte. Seine Haare waren sehr kurz geschnitten. Auf der Nase hatte er eine stylische Brille in Schwarz und Rot. Er trat sehr forsch auf und hielt sich sehr gerade (was zum Beispiel Stefan nicht macht, der schlakst gern ein bisschen rum und amüsiert sich über die Leute, die „wohl einen Stock verschluckt haben"). Als er den Raum betrat, kam es mir vor, als würde er ihn ausfüllen. So Leute gibt es. Das ist nicht weiter schlimm, wenn sie eine „positive Ausstrahlung" haben (mein Frauchen nennt das so, wenn man sich bei Menschen einfach wohlfühlt). Die hatte er aber nicht.

Frau Hellwigh sah von ihrer Zeitschrift hoch und lächelte ihn an. Sie guckte wie eine Katze, die sich die Sahne vom Mäulchen wischt. „Hi, Henry“, sagte sie.

„Hallo, Claudia“, sagte der Mann und nieste.

„Claudette!“ verbesserte sie.

Er lachte. „Von mir aus auch Claudette.“

Sie wechselten zu einer Sitzecke und vertieften sich in ein Gespräch. Zuerst verstand ich ja gar nichts. Es ging um jemanden, der noch nicht auf der mentalen Entwicklungsstufe angekommen ist, die für seine Position zwingend erforderlich ist. Er habe das System der drei Stufen zum Spitzen-Erfolg noch nicht verinnerlicht, fanden sie übereinstimmend.

„Man muss sein altes Denken radikal ablegen, radikal!“ sagte der Mann, den Frau Hellwigh Henry genannt hatte. Er nieste schon wieder. „Wer sich Gedanken macht, ob so eine Niete hinterher nochmals Arbeit findet, der ist in der Welt von Morgen einfach fehl am Platz. Das ist sentimentales Gedudel.“

Claudette Hellwigh seufzte. „Ja, oder erinnere dich nur an Mittwoch – dieses ganze Getöse wegen seiner Frau. Was muss es ihn noch kümmern, wenn sie eine Krebs-Diagnose bekommen hat? Sie sind doch sowieso nur noch auf dem Papier verheiratet. Aber stell dir vor, er nahm am Donnerstag einfach Urlaub und ließ den wichtigsten Termin platzen, den wir seit Monaten hatten. Ich bekomme ihn hier halt nicht so einfach raus“, bedauerte sie. „Er ist Geschäftsführer der Frummelmann GmbH, vom Alten persönlich bestellt und mit wasserfesten Verträgen abgesichert, und die Frummelmann GmbH hat auch noch Anteile an der Frummelmann-Hellwigh Lifestyle. Kurzfristig ist da nix zu machen. Jedenfalls nicht auf die softe Tour. Vielleicht sollten wir es mal mit härteren Methoden versuchen.“

„Ich kenne da ein paar Leute...“ fing Henry an und nieste. Vielleicht lag es daran, dass er grade an „härtere Methoden“ dachte, jedenfalls bildete ich mir ein, dass er auf einmal ganz rote Augen hatte. Mich gruselte.

„Ach was, heb Dir Deine Schlägertypen für andere Angelegenheiten auf.“ widersprach Frau Hellwigh. „Wir müssen hier sehr vorsichtig sein, die polizeilichen Ermittlungen wegen Franz' Tod sind nicht abgeschlossen. Die Frummelmann-Hellwigh Lifestyle ist noch im Aufbau und entspricht wohl nicht in allem den Vorstellungen bornierter Staatsanwälte und Richter. Es gibt auch andere Möglichkeiten, jemanden zu brechen."

Sie lächelte ihn ganz lieb an und fragte, ob er einen Kaffee wünsche.

Mich haute das fast um. Wenn ich freundlich bin, bin ich freundlich, und wenn ich fauche, dann fauche ich. Menschen sind manchmal eigenartige Geschöpfe.

„Sag mal", fragte Henry auf einmal und nieste in ein großes Taschentuch, „hast Du seit Neuestem eine Katze? Mich kribbelt es die ganze Zeit schon in der Nase, ich hab doch eine Katzenallergie, da muss hier eine Katze sein."

Frau Hellwigh schaute ihn einen Moment an, dann drückte sie auf einen Apparat und sprach hinein: „Uschi, bitte kommen Sie mal."

Im nächsten Moment stand Frau Gilby in der Tür.

„Haben Sie eine Katze mit ins Büro gebracht?"

Frau Gilby verneinte.

„Überprüfen Sie, ob sich hier irgendwo eine Katze befindet."

Frau Gilby schaute sich ratlos im Raum um.

Wir schauten uns ebenfalls ratlos um – dieser bescheuerte Raum mit seiner ganzen Ordnung bot keine Möglichkeit, ungesehen zur Tür zu kommen.

Henry betrachtete Uschi spöttisch, griff nach seinem Gürtel, zog die Hand wieder zurück und sagte lässig: „So sehen Sie das wohl kaum, wenn sich hier so ein Vieh versteckt hat. Auf die Knie mit Ihnen! Kriechen Sie unter den Schreibtisch, schauen Sie hinter die Vorhänge!"

Uschi tat widerspruchslos, wie ihr geheißen worden war. Sie ging auf die Knie und krabbelte hinter den Schreibtisch. Wo sie uns natürlich sofort zwischen Aktenschrank und Wand entdeckte.

„Da sind gleich zwei!" kreischte sie.

„Verbringen Sie sie in den Abstellraum und rufen Sie den vietnamesischen Koch an!" befahl Henry.

Kurze Zeit später kam sie mit einem Besen zurück. Wir fauchten. Merlin stellte sich dem Besen heroisch entgegen. Sie drosch damit auf ihn ein, so dass er zurückweichen musste. „Schnell, Coco, bring dich in Sicherheit!“ rief er mir zu. Ich dachte an meine Babys, die musste ich schützen. Sofort flüchtete ich in den Empfangsraum, hinter die Garderobe. Hoffentlich kam bald jemand, so dass ich durch die Tür entweichen konnte. Hoffentlich konnte Merlin sich retten!

Im nächsten Moment sah ich, wie die Gilby den kleinen Kater vor sich hertrieb. Sie wirkte nicht mehr wie die freundliche Empfangsdame, sie war rot im Gesicht und stieß eigenartige Laute aus. Merlin fauchte und spuckte und versuchte auszuweichen, aber sie packte ihn roh am Nacken, riss eine Tür auf und schmiss ihn in das Zimmer dahinter.

Dann machte sie sich auf die Suche nach mir. Ich duckte mich hinter einen dunkelbraunen Sommermantel. Ordnung hat auch ihre Nachteile: Sie macht einen Raum so überschaubar. In der Eingangshalle gibt es diesen gläsernen Schreibtisch. Der steht mitten im Raum, da kann man sich nicht verstecken. Dann gibt es eine Schrankwand. Alle ihre Türen waren geschlossen. Da kann man sich auch nicht verstecken.

Wenn jetzt wenigstens jemand klingeln würde! Ich suchte verzweifelt nach einem Versteck, das mehr Sicherheit bot als der Garderobenständer. Und ich hoffte, dass Goldie die Webcam beobachten würde und dass darauf zu sehen war, in was für einer schrecklichen Lage wir uns befanden. Horrorvorstellung, dass die Verbindung nicht klappte, oder dass das iPhone nur den braunen Mantel fotografierte.

Schnell nahm ich es vom Halsband ab und tippte eine Nachricht: „Hilfe! Wir sind entdeckt!“

Im nächsten Moment war die Gilby bei mir. Sie packte mich, riss die Tür auf wie vorhin bei Merlin und warf mich ebenfalls in den Raum.

Er war klein und dunkel. Kein Fenster. Schränke an beiden Längswänden und kein Versteck. Ich versuchte verzweifelt, eine Nachricht zu senden, einen Hilferuf, aber es gab keine Verbindung. Schließlich hatten wir doch für kurze

Zeit ein Netz, und wir bekamen die Meldung auf den Bildschirm: „Nachricht gesendet!"

Draußen hörten wir die Gilby telefonieren. Frau Hellwigh und Herr von Müller-Mosbach würden als Vorspeise Katze wünschen, zwei Katzen seien hier und warteten auf Abholung.

Während ich noch verzweifelt um Hilfe telefonierte und simste, hörten wir, dass jemand in die Eingangshalle kam. „Guten Tag, Herr Stiefelhauser", sagte die Gilby.

Auch der noch!

Kurz darauf klingelte es.

„Sind Sie der vietnamesische Koch?" hörten wir die Gilby fragen.

Dann wurde die Tür zu unserem Gefängnis geöffnet. Ein schmächtiger Mann schob sich herein. Er hatte einen Käfig dabei. Merlin und ich nickten uns kurz zu und sausten zwischen seinen und Frau Gilbys Beinen durch in die Eingangshalle. Da rannten wir direkt an Herrn Stiefelhauser hin.

Die Tür zu Frau Hellwighs Büro öffnete sich.

„Was ist denn nun?" verlangte Frau Hellwigh zu wissen. „Es kann doch nicht sein, dass hier keiner mit ein paar streunenden Katzen fertig wird! Zuarbeit, meine Herrschaften, Submissiveness, tun, was die Autorität befiehlt! Ihr habt es einfach nicht verstanden, Ihr seid schlichtweg zu blöd!"

Wütend knallte sie die Tür wieder zu.

Stiefelhauser bückte sich so schnell wie ich es ihm nie zugetraut hätte, und im nächsten Moment hatte er im linken Arm mich und im rechten Merlin. Wir zappelten um unser Leben, wir versuchten, uns zu befreien, wir kratzten und wir bissen, aber er hatte uns so fest im Griff, dass jedes Wehren sinnlos war. Da kam schon der Koch mit seinem Käfig.

Aber anstatt uns dem Koch zu übergeben, hielt Stiefelhauser uns fest und sagte: „Die bringe ich jetzt runter. Die werden nicht zu Vorspeise verarbeitet. Ich liebe nämlich Katzen."

Dann ging er zur Tür.

Dort prallte er mit Frau Beck zusammen, die gerade eintrat. Sie musterte ihn kurz und bellte dann: „Her mit den Viechern! Das sind doch die von dieser Sommerthal!“

Stiefelhauser schaute sie fest an und sagte: „Ich bin nicht mehr dabei. Ich lasse mich nicht mehr von Dir erpressen. Ja, ich habe mitgemacht, als sie den Vertriebler bei Hellwigh mobbten, bis er so fertig war, dass er in die Psychiatrie eingeliefert wurde. Und ja, ich weiß, dass Du Videoaufnahmen von einer solchen Sitzung hast. Und dass ich mich mit der Falschaussage wegen dieser Sommerthal noch viel tiefer reingeritten habe. Am Mittwoch hat sich meine Frau die Pulsadern aufgeschnitten, und du wagst es, mir am Donnerstag vor dem Krankenhaus aufzulauern und mich zu erpressen, dass ich diesen Wisch unterschreibe. Ich habe heute Nacht kein Auge zugetan, ich mach da nicht mehr mit. Früher war ich ein anständiger Geschäftsmann, jetzt muss ich Angst haben, dass mir der Prozess gemacht wird. Ich steige aus. Und jetzt lass mich durch.“

Am Aufzug trafen wir auf Frauchen und Stefan. Stiefelhauser drückte Frauchen uns beide in die Arme und sagte dann: „Da sind Ihre Viecher. Nächstes Mal passen sie besser auf sie auf. Übrigens – ich habe Sie in der Mordnacht nicht hier gesehen, da war ich nämlich bei meiner Freundin und nicht im Büro. Und jetzt reicht's mir, das wird ja immer schlimmer!“

Er fuhr mit uns hinunter bis ins Erdgeschoss, wortlos ging er weg.

20. Mai, später Nachmittag

Wir werden wie die Helden gefeiert, Merlin und ich. Das bedeutet extra viele Leckerlis, ganz viel Streicheln von Menschenhänden und Gelecktwerden von Katzenzungen. Das bedeutet auch, dass Felix bei mir sein darf. Er hat sein Frauchen diesmal sogar mitgebracht.

Zusammen mit Rebekka saß die auf der Couch, sie tranken Kaffee und unterhielten sich. Ganz oft fanden sie einen Grund zum Lachen. Es war sehr gemütlich.

Zuerst war Felix bei mir, irgendwann ging er rüber zu seinem Frauchen und setzte sich auf ihren Bauch. Frau von Greuvenbuch lächelte ihn an und streichelte ihn. Da ging ich hinüber zu meinem Frauchen und setzte mich auf ihren Bauch. Rebekka lächelte mich ebenfalls an und streichelte mich. Merlin kuschelte sich in ihre Armbeuge. Goldie mussten wir die Geschichte von der Frummelmann GmbH und dem vietnamesischen Koch schon mindestens dreimal erzählen. Sie behauptet, das brauche sie fürs Protokoll, aber ich glaube, sie schreibt einen Roman. Oder so etwas. Und außerdem ist sie ganz fürchterlich froh, dass die Geschichte gut ausging und ihr Liebster nicht im Kochtopf gelandet ist.

„Ihr wart aber schon ein bisschen unvernünftig, Ihr Zwei", sagte Rebekka und drückte und herzte Merlin und mich gleichzeitig, dass uns fast die Luft wegblieb. „Versprecht mir, dass Ihr so etwas nie wieder macht!"

Ich glaube, Helden sind immer ein bisschen unvernünftig, sonst würden sie keine heldenhaften Dinge tun. Aber ich habe Angst wegen der Babys. Wenn denen etwas passiert ist, das könnte ich mir nie verzeihen.

Das sagte ich auch zu Felix. Sein Frauchen hörte sofort auf mit Streicheln, setzte ihn auf den Boden, nahm mich auf den Schoß und sagte: „Komm, meine Kleine, lass mal dein Bäuchlein abtasten. Ja, ich merke schon, da tut sich was. Rebekka, wer ist denn Euer Tierarzt?"

„Dr. Hagedorn", sagte Frauchen. „Ich hab' schon einen Termin für die beiden Helden gemacht, heute Nachmittag um fünf. Dann kann er auch gleich danach schauen, ob Coco Babys bekommt."

Ich brauchte eine Weile, bis ich kapierte, dass Felix' Frauchen, die, die meinen Schatz immer eingesperrt hatte, um „Folgen" zu vermeiden – dass diese Frau unser Gespräch auf Kätzisch verstanden hatte. Das wird ja immer schöner. Am Schluss müssen wir noch Französisch lernen, oder Suaheli, damit wir uns ungestört unterhalten können!

20. Mai, abends

Wir waren beim Tierarzt, und es ist alles in Ordnung. Wir haben zwar beide Prellungen, aber es ist nichts gebrochen, und die Babys sind – soweit man das ertasten kann bei so einer Untersuchung – auch gesund und kräftig.

Jetzt ist also amtlich, was Felix und ich bisher nur vermutet hatten: Wir werden Eltern.

Ich freu mich sehr! Felix weicht nicht von meiner Seite. Als sein Frauchen ihn vorhin mit hinüber nehmen wollte, wo sein gemütliches Katzenkörbchen auf ihn wartet, da sagte er – auf Kätzisch, aber das versteht sie ja – dass er erst mal bei mir bleiben wolle. „Meine Frau braucht mich jetzt", sagte er tatsächlich, machte sich so groß, wie er nur konnte und streckte den Schwanz in die Höhe.

Frau von Greuvenbuch sah das ein. Er darf bis zur Entbindung hier bleiben. Er musste allerdings versprechen, dass er keinesfalls ins Frummelmannsche Büro und auch nicht in die Frummelmannsche Wohnung geht, um zu recherchieren. Mein Frauchen verlangte das Gleiche von Merlin und mir. Ich fürchte, wenn wir das so machen, ist's mit unserer Arbeit als Privatdetektiven erst mal vorbei. Goldie schlug vor, sie geht jetzt recherchieren, und wir teilen uns das Projektmanagement. Aber ich weiß nicht....

Kapitel 10: Die Verwandlung

21. Mai

Ehrlich gesagt ist mir's langweilig.

Also, ja klar, ich könnte im Internet recherchieren, was es mit der Frummelmann GmbH und der Frummelmann-Hellwigh Lifestyle so auf sich hat. Aber das ist doch nicht das Gleiche wie Ermittlungsarbeit vor Ort. Natürlich könnte ich ausbüxen. Aber das mit dem Besen und dem vietnamesischen Koch, das hat mir völlig gereicht! Ich bin ja so froh, dass den Babys nichts passiert ist.

Eine werdende Mutter trägt eine große Verantwortung!

Eine werdende Mutter braucht natürlich auch viel Zuwendung. Das Gute an der Geschichte ist, dass Frau von Greuvenbuch den Felix jetzt nicht mehr ins Haus sperrt, denn die Folgen sind ja sowieso schon passiert und strampeln in meinem Bäuchlein herum. Also liegen mein Schatz und ich auf Frauchens Bettdecke und kuscheln, was das Zeug hält.

Ab und zu guckt Goldie herein und fragt, ob ich etwas brauche. Leckerlis zum Beispiel. Sie hat eine ganze Tüte geklaut, mit denen füttert sie mich und ihren Merlin jetzt abwechselnd. Hätte ich nie von ihr gedacht. Am Schluss habe ich eine Riesenwampe, und das nicht, weil da so viele Katzenbabys drin sind, sondern wegen der Leckerlis.

Maxi und Purzel kommen auch vorbei – sie möchten gern die Patentanten der Kleinen werden. Ich denke natürlich vor allem an Merlin als Patenonkel.

Dabei ist die Zukunft meiner Kinder ja ganz ungewiss. Es liegt allein an Frauchen, was sie mit ihnen macht. Vielleicht verschenkt sie sie alle, und ich sehe sie nie wieder.

Ich muss jetzt auch ganz oft an meine eigene Mama denken und an meine Brüder.

Als ich schon ganz melancholisch geworden war vom vielen Nachdenken, da beschloss ich: Ich muss jetzt raus. Gut – dann geh ich halt nicht recherchieren. Dann besuch ich die Frau Frummelmann auf dem Friedhof. Das passt, wenn man melancholisch ist.

Ich ließ mir viel Zeit unterwegs, weil mein Bäuchlein inzwischen schon ein bisschen wackelt. Auf dem Spielplatz guckte ich den Kindern zu und stellte mir vor, wie auch meine kleine Rasselbande demnächst spielen und schmusen und balgen würde. Dann trottete ich durch den Stadtgraben, der wunderbar kühl und schattig ist. Da begegnete ich lauter jungen Frauen mit Kinderwagen. Es ist schon komisch – bisher hatte ich immer geglaubt, im Stadtgraben trifft man vor allem ältere Paare mit Hund. Man nimmt die Welt ganz anders wahr, wenn man Babys im Bauch hat.

Ich lief durchs Friedhofstor, an der Einsegnungshalle vorbei und den Weg entlang zum Grab von Herrn Frummelmann. Und tatsächlich – da saß sie.

Sie trug heute einen weißen Bleistiftrock und dazu eine schwarze Rüschenbluse. Als sie aufsah, entdeckte ich, dass sie geweint hatte.

Ach, meine arme Frau Frummelmann! Sie mag ein bisschen absonderlich sein, aber sie ist so zart und zerbrechlich, er hat sie bestimmt sehr geliebt!

Sie rückte ein bisschen zur Seite und ich sprang geschmeidig auf die Bank. Trotz Bäuchlein. Dann schnupperte ich an ihrer Hand, die nach Vanille-Parfum roch. Sie lächelte.

„Moritzle, mein Süßer, da bist du ja. Ich hab dich sehr vermisst. Was hast du denn gemacht in den letzten Tagen?“ sagte sie mit einer ganz weichen Stimme.

Ich kuschelte auf ihren Bauch und begann zu schnurren und zu treteln.

„Nicht treteln, Moritzle. Damit ziehst du Fäden an meinem Rock, und dann gefalle ich Franzi nicht mehr.“

Hä? Vor lauter Überraschung hörte ich auf zu treteln und sprang von ihrem Bauch herunter. Konnte es sein, dass hier alle wie bekloppt nach seinem Mörder suchten, und der Typ lebt noch?

Sie holte aus ihrer Handtasche eine kleine Wolldecke. Die breitete sie über ihren Schoß und Bauch aus. Dann hob sie mich hoch, setzte mich wieder auf den Bauch und begann, mich zu streicheln.

„Weißt du, Moritzle, für mich war das auch eine große Umstellung, als Franzi und ich dann offiziell zusammen waren. Ich hatte dir doch schon erzählt, wie er zu mir kam, oder nicht? Ich brauchte eine ganze Weile, bis ich mich angepasst hatte. Aber es ist wichtig. Nicht nur, weil die Frau sich dem Mann anpassen soll, sondern weil Ordnung und Anpassung Voraussetzungen sind fürs Glücklichsein. Und wer möchte nicht glücklich sein? Es gibt noch eine dritte Voraussetzung, die war dem Franzi auch so wichtig, aber ich hab sie vergessen.“ Sie lächelte.

„Als wir uns kennenlernten, weißt du, Moritz, da war ich ein heißer Feger! Eine super Figur, tolle Klamotten, angesagte Freunde, Partys, ein Spitzen-Job als Chefsekretärin eines erfolgreichen und charmanten Chefs. An mir kam keiner vorbei, der etwas von meinem Chef wollte. Alles, was er plante, besprach er mit mir. In dem Jahr, als Franzi noch mit seiner Frau zusammenlebte, da änderte sich daran auch nichts. Wir waren jung, und wir genossen das Leben. Wir flogen mal übers Wochenende nach Paris und mal nach Mailand – er erzählte seiner Frau halt irgendwelche Geschichten und musste ziemlich oft auf ziemlich ausgedehnte Dienstreisen. Er kaufte mir Dessous in New York, wir liebten uns an einem Strand auf den Malediven, irgendwo, und tanzten danach die halbe Nacht durch. Ich war ja frei, denn wenn ich nicht da war, nahm meine Schwester den Kater Moritz."

Sie stockte und schaute mich zweifelnd an. „Irgendwas vermischt sich da in meinem Hirn. Seit er tot ist, kann ich nicht mehr richtig denken, du bist doch mein Moritzle, oder nicht?"

Er war also doch tot. Wenn ich Frau Frummelmann eine Weile zuhörte, dann vermischte sich auch etwas in meinem Hirn.

Ich wollte sagen: „Nein, ich bin Coco. Ich bin die Liebste von Felix, bekomme bald ganz süße Kätzchen, bin eine Privatdetektivin und möchte Bestsellerautorin werden." Aber was immer ich miaute – sie verstand es nicht.

Sie streichelte weiter über meinen Rücken, aber es war irgendwie seltsam. Es fühlte sich so – automatisch an, verstehen Sie, was ich meine?

„Das hat sich alles schlagartig geändert an dem Abend, als er mit seiner großen Tasche vor meiner Tür stand und erst mal bei mir einzog. Ich war so glücklich, an diesem Abend. Es war wie ein großer Triumph für mich. Ich hatte gesiegt."

Gesiegt – über mein Frauchen?

Das fand ich jetzt gar nicht toll. Ich überlegte, ob ich einfach von ihrem Schoß springen und auf Nimmerwiedersehen verschwinden sollte. Ich liebe nämlich mein Frauchen.

Aber die arme Frau Frummelmann tut mir sehr leid in ihrer Hilflosigkeit und ihrer Verwirrtheit. Und genaugenommen ist das sowieso Quatsch, denn mein Frauchen hatte ihn ja vor die Tür gesetzt. Genauso ein Quatsch wie die Geschichte vom „heißen Feger" es wohl ist.

Eigentlich sollte ich gehen.

Keine Ahnung, warum ich es nicht tue. Mitleid? Faszination?

Nein, nicht nur. Irgendwie sagt mir mein Bauchgefühl, dass ich das wissen muss, was sie mir hier erzählt, damit ich meinen Fall lösen kann.

Obwohl, nein, vielleicht ist das nur ein Vorwand – ich mag sie ja auch. Sie ist so zart.

Möglicherweise knall' ich langsam durch und sollte mich auf eine Couch legen statt zu Felix in Frauchens Bett? Ich habe mal gehört, dass das helfen soll, warum auch immer das so ist.

„Wir suchten uns ganz schnell eine richtig schöne, großzügige Wohnung." erzählte Frau Frummelmann weiter. „Ich stellte mir schon eine knallrote Couch vor, mit grünen Kissen und fröhlichen Bildern an der Wand. So etwas hätte ich immer schon gern gehabt. Oder eine quietschgelbe Küche, die einem gleich ein Lächeln ins Gesicht zaubert, wenn man morgens reingeht, um den Kaffee aufzusetzen. Und Kinder. Lachende, quietschende Kinder mit Patschhändchen und marmeladeverschmierten Mäulchen, die einen mitten in der Nacht wecken, weil sie Hunger haben und die so lebendig sind, so lebendig.

Aber quietschbunt und laut und verrückt, das ist was für Kinder. Und Leute, die kindisch bleiben, auch wenn sie älter werden.

Franzi haute es fast um, als ich ihn ins Möbelhaus zerrte und ihm die rote Couch zeigte, die ich mir wünschte. Und ein Kinderzimmer in Limonegrün.

Weiß ist die Farbe der Ordnung. Das gefiel mir am Anfang gar nicht, ich fand es nicht ordentlich, sondern langweilig. Und wenn du auf den Teppichboden gekotzt hattest, dann machte ich es halt weg, wie früher auch. Franzi aber sagte, das würde negative Energien in die Wohnung leiten. Negative Energien stehen dem Glück im Weg, und auch dem Erfolg. Alle die Leute, die sich von ihm beraten lassen, die machen hauptsächlich das: Sie entfernen die negativen Energien aus ihrem Leben und bringen Ordnung hinein. Das schafft Glück und Erfolg. Zuerst hat er ja nur Unternehmen beraten. Aber wer in seinem Privatleben Chaos und negative Energien und Quietschebuntes hat, der bringt das jeden Morgen in die Firma mit. Er und die Frau Hellwigh haben dann eine zweite Firma gegründet, die unterstützt die Menschen im Privatleben beim Umdenken.

Wo war ich jetzt bloß, was wollte ich eigentlich sagen?"

Das fragte ich mich auch.

Irgendwas hatte Purzel kürzlich über dieses Umdenken gesagt. Ich überlegte, aber ich kam nicht drauf.

Es schien jedenfalls nicht sehr gesund zu sein.

„Mit der Zeit lernte ich es, die weiße Wohnung zu lieben. Ich verstand auch, dass der Franzi, mit dem ich ein Verhältnis gehabt hatte, ein ganz anderer war als der Franzi, mit dem ich als seine Partnerin und schon bald als seine Ehefrau lebte. Das ist sehr seltsam, aber es ist wahr. Das mit dem Umdenken war leichter als ich gemeint hatte. Ich hatte ja gekündigt, und die Leute von Früher traf ich nur mehr selten. Franzi sagte auch, sie seien sehr oberflächlich. Ich bekam im Lauf der Zeit ebenfalls diesen Eindruck. Sie redeten von Klamotten und von Reisen, als wäre das die Welt. Meine Welt war jetzt Franzi.

Und du, ja du auch, mein kleiner Moritz. Glaub mir, ich hab' es nicht gewollt."

Sie begann auf einmal zu weinen.

Jetzt reichte es mir. Mit einem großen Satz – elegant oder nicht war mir jetzt ganz egal – sprang ich von ihrem Schoß und rannte davon.

22. Mai, 18:30 Uhr

Gerade gab es noch Abendleckerlis. Und da sollte doch klar sein, dass drei Viertel davon für mich sind. Aber nein! Frauchen hält mich fest, wenn ich der Goldie und dem Percy und der Maxi ihre Leckerlis wegschnappen möchte! Und sagt: „Wir sind hier nicht in freier Wildbahn".

Na, wo sonst sind wir? Festhalten ist unfair! Das ist mein Leckerli! Und das auch! Und das ebenfalls! Ist doch klar.

Jetzt bin ich sehr gefrustet. Ich überlege, ob ich mich nicht räche, indem ich einfach mein Buch nicht schreibe, Sie wissen schon, diese Mischung aus Krimi und Liebesgeschichte, von der ich ganz am Anfang erzählte! Dann muss sie sich und uns alle weiterhin nur mit ihrem Fotografen-Job durchfüttern und kann sich den Luxus nicht leisten, den ich als Bestseller-Autorin den Menschen und Katzen bieten kann, die ich liebe. Oder vielleicht schreibe ich es heimlich, kassiere das Honorar und lege es in Leckerlis an. Nur für Coco! Das wär' am allerbesten!

Wobei... Also dem Felix würde ich schon was abgeben. Und der Maxi auch, weil die schon ziemlich alt und schwach ist. Und der Purzel. Die ist ja auch schon alt. Ja, und dem Merlin auch, das ist ja sowieso klar. Natürlich auch seinem Bruder Percy, weil der so klug ist. Klar würde auch Goldie ein klitzekleines Bisschen bekommen. Also jeder von uns so ungefähr ein Siebtel, damit niemand zu kurz kommt.

23. Mai

Weil es mir wieder so langweilig war, nahm mich Stefan in seine Galerie mit.

Das ist vielleicht der Hammer!

Die Galerie befindet sich in einem uralten Haus im Stadtzentrum. In einer kleinen Seitengasse mit so alten Pflastersteinen. Ganz in der Nähe des Sees. Sie riecht nach altem Gemäuer und frischer Farbe.

Wenn man reinkommt, ist man sofort in einem richtigen Bildersaal. An der einen Wand hängen so Bodensee-Aquarelle. Das entspricht jetzt nicht meinem persönlichen Geschmack, die sind mir zu lieblich. Bei Kunstwerken ziehe ich einen individuellen, unverwechselbaren Stil vor.

Da gefallen mir die Gemälde an der Wand gegenüber schon viel besser! Sie sind sehr unterschiedlich, sind auch von unterschiedlichen Malern, aber eins haben sie alle gemeinsam: Sie haben Power. In den Farben, in den Linien, in den Ideen.

Ich kenne mich da aus – schließlich bin ich eine Künstlerinnen-Katze.

Das Bild gegenüber der Eingangstür schließlich hat mich sofort begeistert. Es zeigt nur See und Wolken. In den unterschiedlichsten Farbschattierungen. Alles blau, lila, türkis, petrol, das Wasser aufgewühlt und dramatisch, und zwischen den windgepeitschten Wolken ein Schimmer von Gelb und Gold und Apricot. Das Ganze ist in einem extremen Querformat (mein Frauchen nennt so etwas bei ihren Fotos Panorama) und fast so breit wie die ganze Wand. Also, dieses Farbenspiel haut die mutigste Katze um!

Der zweite Raum ist der Fotografien-Raum. Es hängen da auch einige Composings von Frauchen. Zum Beispiel das von der Beck mit ihrem schwangeren Bauch in der Giftwolke. Auf dem Composing sieht sie natürlich nicht mehr so aus wie die Beck, Frauchen hat genug Ärger am Hals. Aber auch ein paar Landschaftsfotos von Rebekka gibt es in diesem Raum, die ganz zart und fast mystisch sind. Dann sind da noch von einer anderen Fotografin wunderschöne Porträts ausgestellt. Die sind nicht so die Tour „Bitte lächeln Sie mal und sagen Sie ‚cheese'" – wissen Sie, was ich meine? Nein, bei diesen Porträts hat man das Gefühl, man könne den Leuten in die Seele schauen.

Ich spazierte zwischen den Fotos herum und stutzte auf einmal. War das ein Foto von Frau Frummelmann? Es waren ihre Gesichtszüge. Aber es hat eine völlig andere Ausstrahlung als sie. Oder eine ganz andere Energie, ja, Energie – das würde sie sagen. Auf dem Foto trägt sie lange Haare, offen, lockig, dunkel. Und eine bunte Bluse, wie ein Aquarell, dessen Farben miteinander spielen. Farben, die ineinanderfließen. Ein unverschämt frecher Ausschnitt. Ein Lachen, das herausfordert. Ein Ausdruck in den Augen, das ist Lust auf Leben.

„Das ist mehr als Lebenslust", fand Stefan, als ich ihm meine Einschätzung schilderte. „Das ist eine ganz vitale, fröhliche, rücksichtslose Lebensgier. Das kann gar nicht Frau Frummelmann sein."

Ich verbrachte ja den halben Vormittag vor diesem Foto, aber am Ende war ich so schlau wie am Anfang. War sie es? Sie hatte ja etwas von quietschbunten Möbeln, von marmeladeverschmierten Kindern und von Sex am Strand erzählt, das hatte ich aber für Fantasien gehalten. Eine Frau, die mit Frummel in seiner weißen Wohnung lebt und jedes Stäubchen wegräumt, kann sensibel und schatzig und lieb sein, ja, und auch ein bisschen bedauernswert, aber ganz sicher fliegt sie nicht mal schnell mit ihrem Geliebten nach New York, um Dessous zu kaufen. War die Frau auf dem Bild vielleicht ihre Schwester? Die Ähnlichkeit war grandios, aber ich konnte mir beim besten Willen nicht vorstellen, dass diese Frau auf dem Foto an einem Grab hockt und wirres Zeug von Franzi und Kater Moritz erzählt.

Kurz bevor Frauchen mich abholte, bimmelte das Glockenspiel an der Ladentür. Ein Mädchen in einem ganz bauschigen Elfenkleidchen kam rein, mit lustigen, erwartungsfrohen Augen. Eine Frau in einer knallgelben Hose und einem blauen Pulli folgte ihr.

„Wir möchten ein Bild von Hermine Hesse kaufen", sagte das Mädchen und ihre Stimme überschlug sich ein bisschen. „Ich hab' eine Eins in Kunst und eine Eins in Deutsch, und wenn ich an einem einzigen Tag gleich zwei Einser habe, bekomme ich ein Bild von Hermine Hesse. Hat mein Papa gesagt."

Stefan führte die beiden in die Foto-Ausstellung und das Mädchen schoss sofort auf die Hermine Hesse-Wand zu. „Au, cool! Geil! Wahnsinn!", murmelte sie. Sie lief auf und ab, schaute sich ein Foto von weitem an, dann aus der Nähe. Die Mutter stand bei Stefan und lächelte.

Da entdeckte das Mädchen eine Fotocollage, auf der ich mit drauf bin. Da ist ein wunderschöner Garten abgebildet. Frauchen hat das im Stadtgarten aufgenommen. Sie ist mindestens fünfmal hingegangen, bis alles stimmte – die Perspektive, das Licht, die Brennweite, die Blumen auf dem Foto. Dann malte sie noch ein richtiges Zauberlicht mit Photoshop hinein. Und aus einem anderen Foto übernahm sie mich und Kater Felix. Wir liegen nun also in diesem Zaubergarten und kuscheln. In Wirklichkeit, übrigens, nur fürs Protokoll, lagen wir auf Frauchens Bettdecke. Im Zaubergarten haben wir auch ein ganz leuchtendes Fell, und eine große blaue Blume breitet ihre Blüten wie ein Dach über uns aus.

Okay, mag vielleicht ein bisschen kitschig sein. Mir gefällt es. Schon deshalb, weil Felix und ich da drauf sind.

Dem Mädchen gefiel es auch. Immer öfter blieb sie vor dem Bild stehen. Dann drehte sie sich zu ihrer Mutter um. „Das möchte ich haben! Ich hänge es über mein Bett!"

In dem Moment läutete das Glockenspiel an der Tür erneut. Kurz darauf kam Frauchen in den Foto-Ausstellungsraum.

Stefan grinste sie an. „Ich hab gleich Zeit für Dich. Ich verkaufe grade eins Deiner Bilder."

„Sie sind Hermine Hesse?", fragte das Mädchen atemlos. „Oh – wow! Können Sie mir etwas auf das Bild schreiben?"

„Gerne", lächelte das Frauchen. „Wo soll ich hinschreiben, und wie heißt Du denn?"

„Da – in die orange Blüte rein, links unten. Ich heiße Cynthia-Marie."

Frauchen schrieb mit ihrem Lieblingsfüller, den sie immer mit dabei hat: „Liebe Cynthia-Marie, möge Dein Leben immer ein bunter Garten sein, mit viel Blumen, Sonne und einem guten Platz zum Kuscheln! Hermine Hesse."

Dann fragte sie: „Cynthia-Marie? Bist Du die Tochter von Goldkettchen – äh, von Herrn Silkowski?"

„Ja!", sagte Cynthia-Marie. „Und ich habe heute eine Eins in Kunst für ein Bild bekommen, da sind auch zwei Katzen drauf, und eine Eins in der Deutsch-Klassenarbeit."

„Das müssen wir feiern", lächelte das Frauchen. Sie feierten es mit einem großen Eis für jeden, ich durfte mit in die Eisdiele, bekam dort eine große Schüssel Katzenmilch und musste mit meinem Pfoten-Abdruck auch ein Autogramm geben. Das erste Autogramm meines Lebens!

23. Mai, gegen 17 Uhr

Percy kam grade von seinem Arbeitsplatz im Kommissariat zurück. Sie hatten einen Zeugenaufruf in die Zeitung gesetzt, und heute meldeten sich tatsächlich Leute. Sogar mehrere. Es waren alles Teilnehmer einer Reisegruppe. Die hatte am 20. April bei der Rückfahrt aus der Toskana in Überlingen Zwischenstopp gemacht.

Am Spätnachmittag hatten sie den Stadtgarten besichtigt. Um 19:30 Uhr war dann Abendessen in einem Restaurant am See, danach Weiterfahrt.

Alle hatten sie eine verrückte Fotografin beobachtet, die auf dem Bauch lag und Bilder vom Brunnen aufnahm, obwohl das Gras immer noch nass vom Regen war. Später dann vom Rosengarten. Zuerst war sie ihnen direkt nach dem Kaffeetrinken, also so gegen 16 Uhr aufgefallen, und dann immer wieder. Sie sahen sie, als sie beim Springbrunnen waren, sie sahen sie von oben, am Pavillon, wenn sie hinunterschauten, sie fotografierte auch noch, als sie wieder hinunterkamen. Ein Mann besaß ein Bild, das sie mit seiner Kamera von ihm und seiner Frau am Brunnen aufgenommen hatte.

Goldkettchen-Silkowski hatte ihnen allen ein Foto von Frauchen gemailt. Alle bestätigten: Das war die verrückte Fotografin!

Rebekka hat für die Zeit von 16 Uhr bis 19.30 Uhr ein Alibi. Und das war, sagt der Gerichtsmediziner, eindeutig die Tatzeit.

Frummelmann ist an dem Methanol unverhältnismäßig schnell gestorben, sagt der Gerichtsmediziner. Er hatte einen drastisch erhöhten Blutdruck. Das Methanol ließ den noch weiter ansteigen. Normalerweise stirbt man an Methanol innerhalb von 24 bis 36 Stunden. Wenn die Wirkung nach 4 bis 6 Stunden einsetzt, hat man also noch eine Menge Zeit, ins Krankenhaus zu gehen. Nicht aber, wenn der Blutdruck schon im Normalfall bei 170 bis 190 liegt und man das unbehandelt lässt. Sagt der Gerichtsmediziner.

Frauchen ist entlastet.

Es bleibt nur noch die Frage offen, wer die leere Methanolflasche und das blaue Modellkleid in ihre Mülltonne gesteckt hat. Und außerdem wüssten wir noch gern, wieso Frau Beck gegen sie aussagte und wieso Frau Hellwigh die Falschaussage bestätigte. Vom Stiefelhauser wissen wir ja schon, dass die Beck ihn erpresst hat. Ist sie die Drahtzieherin des Ganzen? Hat sie den Frummel umgebracht?

Oder war es Frau Hellwigh? Oder Herr Stiefelhauser selber?

Wobei – beim Stiefelhauser kann ich es nicht mehr so recht glauben. Er hat mir und Felix und den ganzen Babys in meinem Bauch das Leben gerettet. Da kann er doch kein Mörder sein?

Kapitel 11: Mörderischer Sonntag

24. Mai

Mich lässt das Foto in Stefans Galerie nicht in Ruhe. Ist das Frau Frummelmann oder nicht?

Wenn sie es ist – dann muss etwas Entsetzliches passiert sein zwischen dieser Aufnahme und jetzt.

24. Mai, abends

Gerade sind die Fetzen geflogen wie noch nie in unserer Liebesgeschichte. Ich erzählte Felix von dem Foto in Stefans Galerie und erwartete, dass er darüber mit mir diskutiert. Vielleicht versteh' ich danach etwas irgendwie besser, dachte ich.

Und reden ist doch sowieso wichtig. Gerade dann, wenn man sich liebt.

Felix will aber nicht über dieses Bild reden. Er sagt, Frauchen hat ein Alibi, Frauchen wird nicht mehr verdächtigt, und damit ist für ihn die Sache erledigt.

So einfach machen es sich die Männer.

Natürlich bin ich froh, dass Frauchen jetzt nicht mehr unter Verdacht steht und dass sie nicht ins Gefängnis muss. Aber es ist MEIN Fall. Ich habe hier recherchiert und mein Leben riskiert. Ich möchte wissen, was los ist. Ich möchte wissen, ob das auf dem Bild Frau Frummelmann ist oder nicht.

Ich hab doch wohl ein Recht, das zu wissen!!!

Felix sagt, das geht mich nichts an, und ich soll jetzt schlafen und etwas Schönes träumen.

Das würde dem so passen! Er bestimmt, wo es lang geht, und ich lege mich schlafen und träume etwas Schönes! So habe ich mir eine Liebesbeziehung bestimmt nicht vorgestellt! Und tatsächlich: Da liegt er schon und rollt sich ein und lächelt mich an und miaut: Komm kuscheln. Hat der nichts anderes im Kopf als Kuscheln?

Ich fauche ihn an. Ich fauche, bis es ihm zu blöd wird. Statt mit mir zu reden springt er vom Bett und sagt: „Ich geh jetzt rüber zu meinem Frauchen. Bis morgen!“

Bis morgen! Soll er doch bleiben, wo der Pfeffer wächst!

Es gibt genug alleinerziehende Mütter, die ihre Kinder ohne Vater groß gezogen haben!

25. Mai, Sonntag

Als ich heute Morgen aufwachte, war ich noch genauso wütend wie gestern Abend. Was fällt dem Kater eigentlich ein? Meint der, er kann mir Vorschriften machen? Wenn ich dann „Nein“ sage, dann geht er und sagt „Bis morgen“.

Vielleicht ist er ja doch ein Casanova. Vielleicht sind ihm seine Kinder ja in Wirklichkeit ganz egal. Und die Mutter seiner Kinder ist ihm ebenfalls egal.

Ich lass‘ mir doch von dem nicht vorschreiben, ob ich weiter ermittle oder nicht! Ich möchte wissen: Ist das auf dem Foto Frau Frummelmann oder nicht. Was ist daran so schlimm, wenn man das wissen will? Na also.

Ich gehe auf den Friedhof. Basta.

Gegen 10 war Felix immer noch nicht da.

Also beschloss ich loszugehen, der hatte es ja nicht anders gewollt.

Frauchen und Stefan hörte ich im Schlafzimmer lachen. Da wollte ich jetzt gar nicht stören, außerdem hatte ich keine Lust, dass nochmals jemand sagt: Lass die Pfoten davon, was geht dich die Frau Frummelmann an.

Sie geht mich sehr viel an. Denn sie ist meine Freundin.

Das wissen die wohl nicht, was Freundschaft bedeutet. Freundschaft bedeutet, man kümmert sich darum, wie es dem anderen geht. Auch wenn das eigene Frauchen nicht mehr verdächtigt wird. Und was machen die? Stefan und Rebekka quietschen und schnaufen im Schlafzimmer. Die haben wohl grade wieder mal Sex. Goldie hantiert mit dem Tablet-Computer. Merlin schnuffelt an Goldie herum und hätte ganz offensichtlich auch gern Sex, wenn er nur könnte. Percy studiert irgendetwas. Maxi und Purzel kuscheln, zumindest denken die nicht an Sex, aber ansonsten ist auch nicht viel mit denen anzufangen. Geh mir doch einer weg mit Purzels Weisheit. Wahrscheinlich ist sie nur verkalkt.

Und Felix?

Er ist eben doch ein Casanova. Ich kann meine Kinder auch allein großziehen. Ich brauch dich nicht, ich wein dir keine Träne nach. Wenn du mich lieben würdest, wärst du heute Nacht da geblieben.

Ich klickte das iPhone in mein Halsband und zog los. Durch die Katzenklappe raus in den Garten. Der Star auf dem Holunder sang wieder einmal atemberaubend. Egal – was kümmert mich ein Star auf dem Holunder. Ich schaute mich um. Vielleicht saß Felix ja irgendwo zwischen den Blumen und traute sich nicht ins Haus, weil er mich heute Nacht so allein gelassen hatte. Ich sah zwischen den späten Tulpen und ich schaute zwischen den Vergissmeinnicht, aber nirgends war er.

Auch gut. Ich schaffe das auch alleine! Es gibt viele Frauen, die ihre Kinder allein großgezogen haben!

Ich lief die Straße hinunter, lief durch den Stadtgraben, wo die ganzen jungen Frauen ihre Babys spazieren fahren und sogar der Uhu Babys hat. Die meinen schaukelten in meinem Bauch. Ich verspreche Euch, Ihr Süßen: Ich werde Euch immer lieb haben. Und wenn Ihr keinen Papa habt, dann will ich Papa und Mama für Euch sein. Ich hab Euch jetzt schon so lieb.

Wütend wie ich war klinkte ich mein iPhone aus und schickte Rebekka eine SMS: „Bin auf dem Weg zum Friedhof. Besuche meine Freundin Frau Frummelmann. Vielleicht bleibe ich bei ihr. Coco."

Dann die Straße hinunter, und zum Friedhof. Vorbei an der Aussegnungshalle, den Weg hinauf, zu Herrn Frummelmanns Grab.

Da saß sie.

Immer sitzt sie da. Sie tut vermutlich nichts anderes als am Grab ihres Mannes sitzen. DAS, lieber Felix, DAS ist wahre Liebe. Wer liebt, der ist beim anderen, gerade dann, wenn es schlecht läuft. Der rennt nicht zu seinem Frauchen, wenn es mal Meinungsverschiedenheiten gibt.

Ich sprang auf die Bank und gab Köpfchen.

Sie machte Augen als wäre sie weit, weit weg gewesen. Dann lächelte sie mich an.

„Oh, Moritz", seufzte sie.

Ich setzte mich auf ihren Bauch und tretelte, und sie sagte nicht mal, dass ich keine Fäden ziehen dürfe. Das, lieber Felix, ist wahre Liebe. Die macht dem anderen nicht dauernd Vorschriften, merk dir das.

„Heute Nacht hab ich vom Franzi geträumt und von dir", sagte sie auf einmal ganz leise. Irgendwie klang ihre Stimme komisch – so schleppend, wie von weit weg. Aber wahre Liebe akzeptiert den anderen. Auch wenn seine Stimme schleppend klingt.

Ach ja – sie trug heute wieder Schwarz. Ich weiß nicht, ob ich das schon erwähnt habe.

„Er will, dass wir zu ihm kommen", sagte Frau Frummelmann. „Stell dir vor, du darfst auch mit."

Hä?

Eigentlich wollte ich mit Frau Frummelmann in die schöne weiße Wohnung, wo es keinen Felix gibt und wo ich die einzige Katze bin und nicht eine von sechs oder sieben. Wo ich richtig geliebt und verstanden werde. Ich wollte sie fragen, ob sie die Frau auf dem Foto ist und wo ihre Lebensfreude geblieben ist. Oder so ähnlich. Denn so direkt darf man eine solche Frage ja nicht stellen, das wäre äußerst unsensibel.

Ich will doch nicht zu dem Herrn Frummelmann mit den drei Voraussetzungen für den Erfolg und den sieben Schritten zu einem florierenden Unternehmen und einer Firma, in der Katzen mit dem Besen attackiert und als Vorspeise eingeplant werden. Und wenn der ermordet ist und in dem Loch liegt, das mit diesen Blumen und Kränzen überdeckt ist, nein, dann möchte ich schon gar nicht zu ihm.

Sie lächelte mich wieder an und zog ein Fläschchen mit Katzenmilch aus der schwarzen Handtasche. Und zwar meiner Lieblingskatzenmilch. Und einen blauen Trinknapf. Die schwarze Handtasche stank genauso nach Leder wie der schwarze Shopper, in dem mich mein Frauchen in diese Frummeldingens-Unternehmensräume mitgenommen hatte. Ich sehnte mich auf einmal, warum auch immer, nach meinem Frauchen. Die war jetzt vielleicht gerade aufgestanden, saß mit Stefan beim Frühstück und merkte gar nicht, dass die Coco fehlt. Diese Vorstellung machte mich ganz traurig.

Frau Frummelmann leerte die Katzenmilch in den Napf. Sollte das alles für mich sein? Super, das liebe ich! Mal nicht alles mit fünf verfressenen Katzen teilen müssen, das macht Freude. Wenn ich sie nicht so lieb hätte, und vor allem den Felix, und auch mein Frauchen und Stefan, würde ich glatt zu Frau Frummelmann ziehen und mich von ihr Tag und Nacht verwöhnen lassen. Sie hatte sogar noch mehr für mich: Aus der lederstinkenden Tasche kam noch ein Fläschchen zum Vorschein. Ein wunderhübsches Fläschchen. Es war aus hellgelb getöntem Glas, das in der Sonne glitzerte, und hatte einen Stöpsel in Form einer Blüte drauf. Die sah fast so aus wie ein Gänseblümchen. Habe ich schon mal erwähnt, dass ich Gänseblümchen liebe? Ein ähnliches Fläschchen hat Frauchen in ihrem Badezimmer-Spiegelschrank. Sie schmiert sich morgens und abends immer eine weiße Flüssigkeit ins Gesicht, sie sieht dann richtig lustig aus, und anschließend macht sie die mit der Flüssigkeit aus diesem Fläschchen wieder weg.

Frau Frummelmann öffnete das Fläschchen vorsichtig und schnupperte daran. Das duftete ganz verheißungsvoll und süßlich und so, wie noch nichts geduftet hatte, das ich bisher kennengelernt hatte. Oder doch? Eine ganz unbestimmte Erinnerung schlich sich in mein Hirn, aber vielleicht war es auch nur ein Traum gewesen, oft träumt man ja wichtige Meilensteine im Leben vorher und erinnert sich dann, wenn sie passieren, daran, kennen Sie das auch? Auch ein bisschen scharf roch das, das gefiel mir nicht so gut. Neugierig war ich aber doch, es roch so berauschend und exotisch, nach fernen Ländern, nach einer Frau Frummelmann, die mit ihrem Geliebten Sex gehabt hatte an einem einsamen Strand auf den Malediven.

Sie lächelte mich verschwörerisch an und goss einen ganzen Schwall der fremdländischen Flüssigkeit in meine Katzenmilch. Das Getränk war für mich? Ich war mir nicht so ganz sicher, ob mir die Katzenmilch nicht pur besser schmecken würde. Aber andererseits war ich neugierig auf diesen seltsam duftenden Cocktail. In Frau Frummelmanns Welt, da war ja manches anders als bei uns. Schon dass sie sich von einem heißen Feger in eine zartmelancholische Elfe verwandeln konnte, das war etwas Besonderes. Das konnte mein Frauchen nicht. Ich blieb auf ihrem Schoß, aber ich streckte mich, um mit der Nase möglichst nah dran zu kommen und sog diesen fremden, süßen, geheimnisvollen Geruch ein.

„Hmmm, das duftet, gelt", lockte mich Frau Frummelmann. „Und erst wie das schmeckt. Warte noch ein bisschen. Ich richte für mich selber nämlich auch einen Drink her mit diesem Zaubermittel. Dann genießen wir das gemeinsam. Und du wirst sehen, gleich kommt uns auch schon der Franzi entgegen."

Die Vorstellung, dass Franzi uns entgegenkommt, die berauschte mich jetzt nicht so besonders. Von Purzel hatte ich gehört, was dieser Franzi für ein Mensch gewesen war. Von Purzel hatte ich noch etwas gehört, ich erinnerte mich nur nicht mehr genau. Es hatte mit etwas Gefährlichem zu tun. Und irgendwann hatte ich so etwas Ähnliches doch schon mal gerochen, in einer Situation, in der ich mich gar nicht wohlfühlte. Auch da fiel es mir partout nicht ein, wann das gewesen war und um was es da gegangen war. Aber wenn ich in Frau Frummelmanns sanftes Gesicht schaute, ihre zärtlichen Augen ansah, das Lächeln – nein, Frau Frummelmann hatte nichts Gefährliches an sich. Auch wenn sie mich manchmal „Moritz“ nannte: Sie liebte mich.

Gerade wollte ich mich über den Milch-Cocktail hermachen, den mir meine Freundin Frau Frummelmann anbot, da standen Frauchen und Stefan vor uns. Hinter ihnen kullerten sechs Katzen den Weg entlang, das sah schon ein bisschen komisch aus.

„Geben Sie sofort den Napf her!“, forderte Stefan. Ich habe ihn noch nie in einem so unfreundlichen Ton reden hören.

„Und die Flasche!“, sagte Rebekka mit schneidender Stimme. „Ich lass‘ doch nicht meine Katze von Ihnen vergiften!“

Ich hätte erwartet, dass Frau Frummelmann auf die beiden losgehen und sich einen solchen Vorwurf nicht gefallen lassen würde. Aber sie brach zusammen.

Ihre Schultern sackten nach vorn, sie begann zu weinen und ließ sich widerstandslos von Stefan das Fläschchen und den Napf mit dem Katzenmilch-Cocktail abnehmen. Aus den Augenwinkeln sah ich Goldie, die mit dem Tablet-Computer ein Video aufnahm. Es kam mir alles so absurd vor.

Auf einmal bäumte sich Frau Frummelmann auf und schluchzte: „Wieso haben Sie mir meinen Franzi wieder weggenommen? Er gehörte mir, er hatte Sie verlassen, Sie hatten kein Recht mehr auf ihn!“

„Ich habe was?“, fragte Frauchen.

„Sie haben ihn sich zurückgeholt, wie ich es immer befürchtet hatte. Zuerst hatte er ja was mit der Beck, das nahm ich nicht so ernst, ein Mann wie Franzi braucht ab und zu einen Seitensprung. Aber dann haben Sie ihn mir wieder weggenommen. Das hatte ich ja immer geahnt: Dass Sie ihn sich zurückholen. Sogar das Kleid, das er mir zum Geburtstag schenkte, haben Sie anprobiert. Ich hab’s gesehen, ich war in der Kabine nebenan. Ich habe auch gehört, wie er Sie fragte: ‚Und – gefällt es dir?‘ Ich habe gehört, dass er lachte, ja, dass er richtig guter Laune war. Glauben Sie, ich habe nicht gemerkt, dass er wieder eine Freundin hatte, eine richtige, nicht nur was für den Schwanz. Wer kann denn mit all den Prinzipien und dem ganzen Zeug glücklich sein? Und er war wieder glücklich! Er strahlte, er summte Schlager, er kaufte sich neue Anzüge und Krawatten, er machte Geschäftsreisen nach New York und nach Singapur, und wenn ich ihn wegen seinem hohen Blutdruck zum Arzt schicken wollte, dann lachte er mich aus und sagte, er werde hundert und ich solle mich zum Teufel scheren."

Sie brach in ein ganz zittriges Schluchzen aus. Ich saß neben ihr auf der Bank und wusste gar nicht, was ich denken sollte.

„Ja, ich war sehr wütend auf den Franzi", schluchzte Frau Frummelmann. Rotz lief über ihre Lippen. Sie schluchzte so sehr, dass ihre Schultern richtig wackelten, und der ganze Oberkörper auch. Ich wusste gar nicht, was ich machen sollte und begann beruhigend zu schnurren. Sie reagierte überhaupt nicht darauf. Ich glaube, sie hörte es nicht einmal. Sie japste nach Luft und weinte ganz stoßweise, laut und hemmungslos. Das klang im einen Moment brüllend-aggressiv, im nächsten dann wieder leise und verschnieft. Ich versuchte, mit meiner rechten Vordertatze über ihre Wange zu streicheln. Sie wischte meine Pfote einfach weg und schluchzte weiter. Ihr Gesicht war ganz rotgefleckt. Sie knüllte ihr umhäkeltes Taschentüchlein in den Händen. Sie hustete vor Weinen. Sie war gar nicht mehr so sanft und lächelnd, sie war ganz im Innern aufgewühlt und verzweifelt. Jetzt konnte ich glauben, dass das in der Galerie ihr Bild war, nur war sie jetzt nicht intensiv lebensgierig, sondern so elend, dass es nicht mehr zu ertragen war.

„Ich hatte meinen Beruf für ihn aufgegeben, ich hatte mir vorgemacht, dass dieses Gefängnis in Weiß ein Zuhause sei, ich hatte jeden Tag diesen Schwachsinn ertragen mit den drei Voraussetzungen für Glück und Erfolg, ich hatte zugesehen, wie er mit dieser Hellwigh flirtete und dieser Beck, ich durfte die Unternehmensräume nicht betreten, obwohl sie im gleichen Haus auf dem gleichen Stockwerk liegen – da weiß ich doch, was Sache ist! Und ich hatte das alles geschluckt. Das mit der Beck hatte mir zugesetzt, aber wegen der hätte er mich doch nicht verlassen. Dann kommen Sie, dabei war das mit Ihnen doch längst vorbei und erledigt, glaubte ich wenigstens. Dann kommen Sie und sind auf einmal gesund, und schön, und lebendig, wie ich's auch mal war, und nicht mehr hysterisch und psychotisch und schwerkrank, wie er mir immer erzählte. Und nehmen ihn mir wieder weg. Wissen Sie, was mir dann noch bleibt?“

Frauchen starrte sie an.

„Ich schau doch nicht zu, wie der zu Liebesabenteuern nach New York fliegt. Ich warte doch nicht ab, bis er mich verlässt und wieder bei Ihnen einzieht. Ich lasse mir doch nicht gefallen, dass auf einmal ich die Hysterische bin, die nicht mehr richtig tickt, und Sie sind die erfolgreiche und selbstbewusste Künstlerin, die mir meinen Franzi vor der Nase wegschnappt. Ich machte mich besonders hübsch an diesem Abend. Schminkte mich aufwändig und zog das neue blaue Kleid an. Grade! Obwohl Sie es anprobiert hatten. Sie hatten es anprobiert, aber es gehört mir. Wie Franzi auch. Ich legte die Perlenkette an, die er mir zur Hochzeit geschenkt hatte. Sprühte mir einen Hauch Chanel No. 5 ins Haar. Das hatte er früher so geliebt, dieses Parfüm in meinem Haar. Früher, als ich noch seine Geliebte war und wir übers Wochenende nach Paris flogen, wo wir uns am Seine-Ufer liebten...

Während Sie dachten, er sei auf Geschäftsreise. Ich bin doch nicht genauso dumm wie Sie!

Ich sagte ihm, wir müssen reden, ich geh‘ heute nicht in den Chor, wir essen zu Abend, dann reden wir, und dann wird alles gut. Da hat er nur gelacht und gesagt, das geht nicht, er muss nachher noch rüber in die Firma. Und am Dienstag fliegt er nach New York. Ah, ja – glaubt Ihr, ich verstehe nicht, was das heißt?

Ich war dermaßen wütend. So wütend war ich in meinem ganzen Leben noch nie gewesen.

Ich lief ins Bad, um mich ein klein wenig zu beruhigen. Da hörte ich ihn von unten rufen: „Mach Abendessen, Mausi, ich muss nachher noch rüber, hab ich doch gesagt.“

Ich atmete tief durch. Ging hinunter in die Küche. Öffnete die Tür zur Speisekammer. Alles lief ganz mechanisch ab, ich wunderte mich, dass ich so wütend war und gleichzeitig so perfekt funktionierte. Es war, als könnte die wütende Frau der anderen zusehen, und als könnte die andere sehen, wie wütend die eine war und dabei selbst ganz gelassen bleiben. Das hatte ich noch nie erlebt. Es war, als hätte ich dem Druck nicht mehr standgehalten und sei in zwei Teile gebrochen. Oder in noch mehr Teile, ich weiß es nicht.

Ich öffnete die Tür zur Speisekammer. Und da sah ich die Flasche mit dem Methanol. Sie war fast voll. Nur ein bisschen fehlte. Es schwappte wie eine Welle über mir zusammen. Ich hasste ihn, so hatte ich im ganzen Leben noch niemanden gehasst. So ein Lügner und Betrüger und Katzenmörder und Mausisager muss weg, weg, weg. Da stand die Flasche mit dem Methanol, und ich dachte: ‚Na prima, da hab ich doch deinen vierfachen Whiskey für diesen Abend'. Irgendwo hatte ich gelesen, dass Methanol nicht gleich wirkt, erst in sechs Stunden oder so. Ich weiß es nicht mehr genau. Das war ideal, ich würde mit den Frauen vom Kirchenchor im Restaurant sitzen und ein Glas französischen Champagner kosten, während er starb. Ich dachte solche Gedanken, ohne dass sich in mir etwas geregt hätte. Ich hatte immer geglaubt, so etwas kann man nicht denken, ohne dass sofort das schlechte Gewissen dazwischenfunkt und einen daran hindert. Aber es war alles ganz ruhig und ganz starr in mir. Nichts war da, was diese Gedanken gehindert hätte. Sie schwappten in meine Seele, und ich setzte die Idee ganz kühl und ruhig in die Tat um, während ein anderer Teil von mir oder mehrere andere Teile von mir zuschauten.

Zuerst habe ich Chili con Carne zum Abendessen gemacht, so richtig extra scharf, wie er es mochte. Ich tat alles rein, was ich an Chili-Schoten im Haus hatte. Das aktiviert den Kreislauf! Das setzt die Geschmacksnerven schachmatt! Ja!"

Ich sah aus den Augenwinkeln, dass Stefan telefonierte.

Also, das fand ich jetzt gar nicht gut. Meine Frau Frummelmann war verzweifelt und erzählte uns das schlimmste Erlebnis ihres Lebens, und der quatscht in sein Handy.

„Nach dem Essen brachte ich ihm den vierfachen Whiskey. Aber mindestens vierfach. Fast so wie jeden Sonntagabend nach dem Abendessen. “

Sie lachte. Sie lachte auf eine Weise, dass es mir kalt den Rücken hinunterlief. Ich sprang von der Bank auf den Weg, und sofort war Felix an meiner Seite.

„Das sollte genügen. Und vor lauter Chili hat er's gar nicht gemerkt, dass das gar kein Whiskey war. Diesen Schnaps da, den hat er von Ihnen mitgebracht. Sie sind schuld, wenn er nicht mehr lebt. Sie sind schuld, dass mein Moritz nicht mehr lebt, den hat er nämlich mit diesem Zeug vergiftet, als er mal Durchfall hatte und die ganze Bescherung auf den weißen Teppichboden schiss.“

Stefan kam mit großen Schritten auf Frauchen zu und sagte: „Er kommt gleich.“

„Wer?“

„Silkowski. Cynthia-Marie war am Telefon, sie hat ihn sofort geholt. Er kommt gleich. Wir sollen sie beschäftigten, bis er und die Polizisten eintreffen. Er ruft auch einen Arzt an, weil er annimmt, dass sie wirr ist.“

Frauchen nickte und fragte Frau Frummelmann: „Und dann?“

Felix zog mich von ihr weg. Er drückte mich und fing an, mir beruhigend das Fell zu lecken.

Eigentlich will ich meine Kinder doch nicht alleine groß ziehen.

„Dann habe ich den Rest des Methanols in ein Fläschchen für Gesichtswasser gefüllt und das Modellkleid ausgezogen und eingepackt. Ich bin losgefahren zu Hety. Die ist auch im Chor. Sie hat eine sehr schöne Alt-Stimme. Wir tranken noch in Ruhe einen Kaffee und brachen dann auf zur Chorprobe. In mir war alles, als wäre ich gar nicht beteiligt, als würde ich einen Film anschauen. Bevor ich zu Hety ging, brachte ich das Kleid zu Ihnen. Und die leere Methanol-Flasche, die auch. Das war meine kleine Rache, Sie müssen schon entschuldigen, ein bisschen Strafe muss sein. Ich hatte Glück: Die Mülltonne stand neben dem Kellereingang, ich habe sie sofort gefunden.“

Sie begann zu kichern und sagte dann: „Sein Handy nahm ich auch mit. Das habe ich in den Bodensee geworfen. Die Polizisten sagten mir später, er hätte nach etwas gesucht, ob ich mir vorstellen könne, dass er nach seinem Handy gesucht habe, er hätte doch sicher Hilfe rufen wollen?

Nach dem Kirchenchor ging ich noch mit den anderen etwas trinken. Um halb zwei brachte mich Hety heim. Ich bat sie, noch kurz mit raufzukommen und die Fotos für unsere Bildergalerie im Internet mitzunehmen. Da war er schon tot. Er hatte ja auch so einen hohen Blutdruck, der Arme."

Schritte knirschten auf dem Kies.

Herr Silkowski kam, begleitet von einem Polizisten und einer Polizistin, den Weg herunter. Frauchen reichte ihm das Tablet mit dem Geständnis-Video, und Silkowski wirkte gar nicht sehr verwundert, als sie zu ihm sagte: „Da ist das Video mit Frau Frummelmanns Geständnis. Meine Katze hat es aufgenommen."

Abends guckten wir dann wieder mal Tatort.

Also ich persönlich glaube, wir alle zusammen, Frauchen und Goldkettchen-Silkowski, Stefan, Cynthia-Marie und natürlich ich, Felix, Goldie, Merlin, Percy, Maxi und Purzel, wir sind mindestens so ein treffsicheres Ermittlerteam wie Kommissar Thiel und Professor Boerne.

Nur haben wir ein bisschen ungewöhnlichere Methoden.

Kapitel 12: Leben

28. August

Diesmal brauchten wir nicht Percys undercover-Mission, um zu erfahren, was im Kommissariat passierte.

Maik Silkowski erzählte uns, dass Frau Frummelmann ein umfassendes Geständnis abgelegt hatte. Sie hatte nur eines missverstanden: Ihr Mann hatte nicht eine Beziehung mit unserem Frauchen, sondern mit Frau Beck.

Die wollte er auch am Tatabend treffen, gegen halb zehn.

Frau Beck, die Silkowski ebenfalls noch einmal vernahm, sagte aus, sie sei schwanger, und Franz Frummelmann habe beabsichtigt, seine langweilige Frau zu verlassen und mit ihr ein neues Leben zu beginnen. Am Dienstag wollten sie zusammen nach New York fliegen. Er hatte geplant, seine Frau anschließend über das Ende ihrer Ehe zu informieren und dann gleich zum 1. Mai mit Frau Beck eine Villa am Stadtrand zu beziehen. Die war schon angemietet, die Malerarbeiten waren bereits abgeschlossen und die meisten Möbel schon geliefert worden. Jetzt ging es nur mehr um letzte Vorbereitungen.

Um 17:30 Uhr war Frau Beck natürlich noch nicht im Büro gewesen, und ihre Zeugen ebenfalls nicht. Um halb zehn wartete sie in der Frummelmann GmbH auf ihn. Als er um 10 noch nicht da war, entschloss sie sich, zu seiner Wohnung hinüber zu gehen, obwohl sie wusste, dass das Ärger geben würde. Als sie an der Tür stand, hörte sie lautes Stöhnen. Das konnte nur eines bedeuten, fand sie: Er war zu Hause, und er hatte Sex mit einer anderen. Frau Frummelmann hatte kürzlich gejammert, dass er wohl wieder ein Verhältnis mit seiner Ex habe. Frau Beck hatte das für lächerlich gehalten - aber als sie ihn jetzt stöhnen hörte, war sie sofort überzeugt davon, dass seine Ehefrau doch Recht hatte. Wütend malte sie sich aus, wie sie das Date stören und ihn zur Rechenschaft ziehen würde. Sie würde ihn in die Eier treten, dass er sich krümmte. Die Frau, diese Rebekka, würde kreischend auf den Balkon flüchten. Dann fiel ihr ein, dass sie sich bestimmt effektiver rächen konnte, wenn sie nicht mehr so aufgewühlt war. Sie würde sich etwas einfallen lassen, dass ihm Hören und Sehen vergehen müsste. Und dieser Frau gleich mit. Sie beschloss, nach Hause zu fahren und in Ruhe einen Plan zu entwickeln. Einen richtig perfiden Plan. Im 5. Stock stieg ein alter Mann in den Aufzug mit so einem Bettvorleger von Hund. Im Erdgeschoss schoss sie aus der Kabine, kaum waren die Türen aufgegangen und eilte zu ihrem Auto.

Am nächsten Tag erfuhr sie, dass er tot war. Dann erzählte man sich in der Frummelmann GmbH, dass seine Ex als Hauptverdächtige galt, dass der letzte Beweis aber noch fehlte.

Wenn der Traum von der Villa geplatzt war, wenn ihr neuer Job in der Frummelmann GmbH auf Messers Schneide stand, jetzt, wo Franz tot war, wenn sie das Kind nun alleine großziehen musste, dann wollte sie wenigstens bei dieser Schlampe ordentlich absahnen, die ihr ihren Franz genommen hatte. Aber als sie zu der ging, um über Geldangelegenheiten mit ihr zu sprechen, hatte die sie einfach abserviert. Deshalb hatte sie es verdient, als Mörderin ins Gefängnis zu wandern, sagte Frau Beck zu den Kommissaren, nachdem sie den Eindruck gewonnen hatte, dass ein Geständnis ihr jetzt mehr nützen würde als weiteres Leugnen.

Glücklicherweise, sagte sie, hatte sie etwas in der Hand. Denn in der Frummelmann GmbH lief nicht alles so ganz nach den Regeln einer demokratischen Gesellschaft. Das Härteste war der Fall von diesem Liebethal, dem Vertriebsleiter von Hellwigh, gewesen. Er war einer, der sich in die Hierarchie nicht richtig einfügen konnte, Querdenker und Besserwisser hatte Franz solche Leute geschimpft. Franz hatte Frau Hellwigh geraten, diesen Herrn Liebethal „auf Linie zu bringen", und das hatte sie gemacht. Zusammen mit Franz Frummelmanns Geschäftsführer, Herrn Stiefelhauser. Man kann mit Worten zwar nicht töten, mobben jedoch kann man mit Worten sehr gut, man muss nur wissen, wie. Frau Beck hatte als Beobachterin teilgenommen und diese „Mitarbeitergespräche" heimlich mit der Videokamera in ihrer Armbanduhr gefilmt, Franz Frummelmann hatte ihr das persönlich befohlen, um sicher zu gehen, dass alles gemäß seinen Anordnungen lief.

Genau mit diesem Video ging sie nun zu Frau Hellwigh und Herrn Stiefelhauser, um sie zu einer Zeugenaussage zu erpressen. Stiefelhauser hatte den Schwanz eingezogen, ja, und sich erpressen lassen. Claudette aber, dieses Miststück, hatte schallend gelacht und gesagt, da sei sie auch ganz ohne Erpressung mit dabei, schließlich gehe es auch um die Frummelmann-Hellwigh Lifestyle, da hätten die Polizeischnüffler nichts zu suchen, schon Nero habe den Löwen Opfer zum Fraß vorgeworfen, für die Frummelmann-Hellwigh Lifestyle sei es nur von Vorteil, wenn der Fall gelöst und Rebekka verurteilt sei.

Daniela Beck, Claudette Hellwigh und Mark Stiefelhauser haben jetzt eine Anzeige wegen Falschaussage am Hals, und außerdem wird wegen Verletzung der Fürsorgepflicht gegenüber Untergebenen und Mobbing gegen sie ermittelt. Mark Stiefelhauser bleibt verschwunden, seine Frau hat endlich die Scheidung eingereicht.

Meine Freundin Frau Frummelmann, die beinah meine Mörderin geworden wäre, ist in einer psychiatrischen Klinik untergebracht. Stefan sieht das nicht gern, aber Rebekka besucht sie ab und zu. Felix sieht das auch nicht gern, aber manchmal gehe ich mit.

Kürzlich hat sie sich eine rote Couch liefern lassen. Mit blauen und gelben Kissen. Wenn ich sie jetzt besuche, sitzt sie auf dieser neuen Couch und malt, richtig schöne, zarte, stimmungsvolle Bilder. Ich springe dann elegant auf ihren Schoß und freue mich diebisch, wenn ihre Farben spritzen und Muster an die Wand und auf den Teppich zaubern....

14. April

Wir sind glücklich.

Nein, mit der Frummelmannschen Ordnung haben wir es immer noch nicht. Unser Wohnzimmer ist bunt, nach wie vor, orange Vorhänge bauschen sich im Wind, und auf bunten Kissen kann man wunderbar kuscheln. Im Schlafzimmer liegen immer noch die ganzen Klamotten vom Frauchen auf dem Bett, wenn sie ein besonderes Outfit gesucht und tausend Outfits durchprobiert hat. Ab und zu schmeißen Stefan und Rebekka die ganzen Kleider und Röcke und Hosen und Blusen dann auf das Sesselchen, das extra dafür bereitsteht und uns aus dem Bett. Dann dauert es eine Weile, bis wir wieder rein dürfen. Manchmal machen sie das sogar mitten am Tag.

Das Menschenbaby Julia, das seit eineinhalb Monaten zu unserer Familie gehört, juchzt, wenn die Katzenkinder Timmy und Bela, die schon seit Juli zu unserer Familie gehören, mit ihm schmusen. Bei Felix und seiner Familie im Nachbarhaus wohnen die anderen beiden Katzenkinder, Struppi und Wuschel. Ja, ein bisschen traurig bin ich schon, dass Felix und ich keine weiteren Babys mehr bekommen können, aber unsere vier sind so schön, und wir sind so stolz auf sie! Ein Tigermädchen und drei schwarze Jungs, wie bei mir und meinen Geschwistern.

Felix und ich, wir lieben uns noch genauso wie damals, im Kinderwagen von Frau Schuster-Schmids Enkelkind. Nur weiß ich heute, dass er kein Casanova ist, und er weiß ganz genau, dass mein Herz jedes Mal einen Hupfer macht, wenn er mir Gänseblümchen bringt.

Grade eben kommt mein Freund mit dem Goldkettchen, der Herr Silkowski, und erzählt uns, er habe einen neuen Fall. Der hat irgendwas mit Hypnose zu tun, und Katzen seien doch die geborenen Hypnotiseure. Also Fachleute auf diesem Gebiet. Mit dem, was er von menschlichen Experten zum Thema erfahren hat, kommt er bei der Lösung des Falls nicht mehr weiter, sagt er. Deshalb braucht er kompetente Unterstützung durch die Privatdetektive Coco, Goldie, Merlin, Percy, Maxi, Purzel und Felix.

Maxi sagt: „Ich bin zwar schon fast 19, und die Gelenke tun mir weh. Aber ich bin gerne mit dabei.“ Dann berufen wir ein Ermittler-Meeting ein, und Goldkettchen erklärt uns, um was es geht.

Das Leben ist schön!

Katze Coco hat noch einen Wunsch...

Liebe Leserin,
lieber Leser,

mein Frauchen findet ja, das darf man so nicht sagen. Jedenfalls nicht so direkt.
Ich sag' es aber doch:

Vielleicht wissen Sie es schon, dass mein Frauchen den Coco-KatzenKrimi in ihrem eigenen kleinen Verlag veröffentlicht. Da hat man nicht den Einfluss und da hat man nicht das Geld wie große Verlage.

Während große Verlage große Marketing-Abteilungen besitzen und ihre Verlagsvertreter in ganz Deutschland ihre Bücher präsentieren, kümmert sich mein Frauchen um das Marketing ihres Buches selber.

Das ist einerseits gar nicht so schlecht, weil sie dann unmittelbar mitbekommt, was ihre Leser und Leserinnen freut und wie ihr Buch bei Ihnen ankommt.

Auf der anderen Seite ist das ziemlich aufwändig, und sie soll ja auch noch ein bisschen Zeit haben, um uns zu streicheln und mit Leckerlis zu verwöhnen!

Wenn Sie möchten, können Sie uns helfen. Zum Beispiel, wenn Sie „Sechs Katzen und ein Todesfall" auf Amazon und bei anderen Bewertungsportalen bewerten. Das müssen keine fünf Sterne sein – wir möchten ehrlich wissen, wie Ihnen das Buch gefällt und ob es Ihnen schöne Stunden beschert hat.

Sie können das Buch auch an Ihre Familie und Freunde verschenken, zum Beispiel zu Weihnachten. Oder zum Geburtstag. Oder einfach als nettes Mitbringsel, wenn Sie eingeladen werden. Da gibt's bestimmt auch ganz viele

Menschen, die uns Kätzchen in ihr Herz geschlossen haben und sich über so ein Geschenk noch mehr freuen als über eine Flasche Sekt oder über Pralinen. Denn unser Buch macht nicht dick, aber es produziert Glückshormone! Finde ich jedenfalls.

Wenn Sie mögen, können Sie das Frauchen auch zu einer Lesung in Ihre Buchhandlung, Ihr Geschäft, Ihr Restaurant oder Ihre Kultureinrichtung einladen. Sie hat eine angenehme Stimme, und sie hat extra einen Kurs bei der berühmten Sprechtrainerin Isabel García gemacht, um noch schöner vortragen zu können!

Ich würde da auch gern mitkommen, um Sie persönlich kennenzulernen, aber das geht leider nicht. Deshalb schicke ich Ihnen einfach ganz viele liebe Gedanken! Ihnen und – wenn Sie einen haben – auch Ihrem Stubentiger!

Ihre Katze Coco.

„Sechs Katzen und ein Todesfall“ als ebook

„Sechs Katzen und ein Todesfall gibt es auch als ebook. Weil da Versendung, Organisatorisches und die Druckkosten wegfallen, kostet das nur 5,49 Euro. Es ist erhältlich bei den ebook-Anbietern Amazon, Neobooks, Weltbild, Apple iBookstore, Thalia.de, Hugendubel.de, Libri.de, Ciando.de u.v.m.

Und zum Schluss: Danke!

Ein Buch hat nicht nur einen Autor, der es fernab von der Welt schreibt. Es sind eine ganze Menge Menschen beteiligt, mit Anregungen und konkreter Unterstützung.

Ich möchte mich bedanken bei

Pavel Kaplun und seinem berühmten Vladimir Kaplunkater fürs Vorwort – was kann noch schief gehen mit einem Debütkrimi, wenn er von zwei solchen Persönlichkeiten begleitet wird!

Heidi Goll, die mich erst mal auf die Idee brachte, einen Katzen-Krimi zu schreiben und mit der ich Cocos Abenteuer im Detail diskutieren konnte

meinen Testleserinnen Elke Roth und Ursula Maile

der Facebook-Gruppe „Self Publishing" und da besonders Matthias Matting und Peter R. Hellinger für zahlreiche Praxistipps

Ute Andrae, die die echte Coco (das Vorbild der Krimi-Coco) in den ersten zwölf Wochen ihres Lebens liebevoll versorgte und sie mir dann anvertraute

meinen Katzen Purzel, Maxi, Merlin, Percy, Goldie und Coco dafür, dass sie mir nachts noch ein bisschen Platz lassen in ihrem Bett und dass sie mir tagsüber viele Anregungen lieferten für den Katzen-Krimi – und überhaupt: dafür, dass sie mich zum Lachen bringen und dafür, dass es sie gibt

allen, die Anteil daran hatten, dass dieses Buch jetzt gedruckt als Hardcover-Band und als ebook vorliegt

und
den Lesern und Leserinnen, die Coco, Maxi, Purzel, Merlin, Percy, Goldie und Felix in ihr Herz geschlossen haben und schon auf den nächsten Band warten.

Sie müssen nicht sehr lange warten, ich schreibe ihn bereits, den nächsten Coco-KatzenKrimi.

Kontakt mit der Autorin

Ihre Nachrichten, Kommentare, Anregungen und Wünsche erreichen mich unter folgender Adresse:

Marianne Kaindl
„Sechs Katzen und ein Todesfall"
Winzerweg 1
D-88719 Stetten bei Meersburg
Tel. +49 7532 / 44 64 04
Mail: kaindl@see-marketing.de

Auf Facebook können Sie mir hier folgen:
https://www.facebook.com/marianne.kaindl.
Der KatzenKrimi hat auf Facebook ebenfalls eine eigene Seite:
https://www.facebook.com/katzenkrimi

Auch wenn Sie mich für eine Lesung buchen oder interviewen möchten, rufen Sie mich bitte an oder schicken Sie mir eine E-Mail. Ich freue mich auf Sie!

Und schließlich...
Der zweite Coco-KatzenKrimi ist schon in Arbeit. Schicken Sie mir einfach eine Mail, wenn Sie benachrichtigt werden möchten, sobald er erscheint!